Heinrich Seidel

Gesammelte Schriften von Heinrich Seidel

Band 1: Leberecht Hühnchen, Jorinde und andere Geschichten

Heinrich Seidel

Gesammelte Schriften von Heinrich Seidel
Band 1: Leberecht Hühnchen, Jorinde und andere Geschichten

ISBN/EAN: 9783743397927

Hergestellt in Europa, USA, Kanada, Australien, Japan

Cover: Foto ©Andreas Hilbeck / pixelio.de

Manufactured and distributed by brebook publishing software (www.brebook.com)

Heinrich Seidel

Gesammelte Schriften von Heinrich Seidel

GESAMMELTE SCHRIFTEN

VON

HEINRICH SEIDEL.

I. BAND.

LEBERECHT HÜHNCHEN, JORINDE

UND

ANDERE GESCHICHTEN.

LEIPZIG 1893.
A. G. LIEBESKIND.

LEBERECHT HÜHNCHEN,

JORINDE

UND

ANDERE GESCHICHTEN

VON

HEINRICH SEIDEL.

ZWÖLFTES TAUSEND.

LEIPZIG.
A. G. LIEBESKIND.
1893.

JOHANNES TROJAN

ZUGEEIGNET

AN JOHANNES TROJAN.

Wie hat Natur die Erde reich gemacht,
Besponnen sie mit Blumen und mit
        Grün
Und mit des Waldes zweigendem Geäst,
Die kahlen Felsen selbst mit Moos bemalt
Und buntgefärbten Flechten.
                                    Alles rings
So reich und schön. Wohin das Auge dringt
Und liebend sich in's Einzelne vertieft,
Erfreut es sich am holden Wechselspiele
Von Blüthen und Geblätter.
                                    Tausendfach,
Millionenfach verschieden Form und Farbe.
Wie zierlich schaun aus rispenreichem Gras

↞ VIII ↠

Die Mäulerchen, die Glöckchen und die
Sterne!
Hier hält die Eine Tellerchen empor
Wie bittend um der Sonne goldnen Schein,
Die Andre trotzig, stachelzweigbewehrt,
Mit rothem Antlitz schaut aus dorn'ger
Kappe!
Hier ist ein Goldschein in das Gras gefärbt
Und dort ein blaues Leuchten eingewoben
Und hier das Grün von Purpur überglüht!

Auf dunklen Wassern schwimmt's in Silber-
schein
Und goldne Krönlein tauchen aus der
Fluth —
Es grünt am Grund mit zierlichem Gefieder
Und rauscht am Ufer federbuschgeschmückt!
Allüberall — selbst ödem Dünensand
Entringt sich froh ein strotzendes Geschlecht
Und kluge Pflänzchen spinnen ihre Ranken,
Indess die Wurzel in der Tiefe saugt.

Vielfältig sind die einen ausgebreitet:
Wohin das Auge schaut, da nicken sie.

Doch einsam nur und selten blühn die
andern.
Vielleicht in eines Thales stillem Grund,
Wohin dein Schritt sich träumerisch verlor,
Als wie ein Märchenwunder steht sie da,
Des holden Zaubers voll, die blaue Blume —
Bescheiden, fromm, der Schönheit unbewusst.

Solch eine Wunderblume kenn' ich wohl!
Sie blüht, wo zwei sich zu einander finden,
Verständniss zu Verständniss sich gesellt,
Und was im Einen tönt, im Andern klingt
Und widerhallt. Ach, seltner blüht sie
wohl,
Als mancher weiss und denkt! —
                    Ein gut Gedeihn,
Das soll mein Wunsch für diese Blume
sein! —

INHALT.

LEBERECHT HÜHNCHEN.

Ich hatte zufällig erfahren, dass mein guter Freund und Studiengenosse Leberecht Hühnchen schon seit einiger Zeit in Berlin ansässig sei und in einer der grossen Maschinenfabriken vor dem Oranienburger Thor eine Stellung einehme. Wie das wohl so zu geschehen pflegt, ein anfangs lebhafter Briefwechsel war allmählich eingeschlafen, und schliesslich hatten wir uns ganz aus den Augen verloren; das letzte Lebenszeichen war die Anzeige seiner Verheirathung gewesen, welche vor etwa sieben Jahren in einer kleinen westphälischen Stadt erfolgt war. Mit dem Namen dieses Freundes war die Erinnerung an eine heitere Studienzeit auf das Engste verknüpft, und ich beschloss sofort ihn aufzusuchen, um den vortrefflichen Menschen wiederzusehen, und die Erinnerung an die gute alte Zeit aufzufrischen.

Leberecht Hühnchen gehörte zu denjenigen Bevorzugten, welchen eine gütige Fee das beste Geschenk, die Kunst glücklich zu sein, auf die Wiege gelegt hatte; er besass die Gabe, aus allen Blumen, selbst aus den giftigen, Honig zu saugen. Ich erinnere mich nicht, dass ich ihn länger als fünf Minuten lang verstimmt gesehen hätte, dann brach der unverwüstliche Sonnenschein seines Innern siegreich wieder hervor, und er wusste auch die schlimmste Sache so zu drehen und zu wenden, dass ein Rosenschimmer von ihr ausging. Er hatte in Hannover, woselbst wir zusammen das Polytechnikum besuchten, eine ganz geringe Unterstützung von Hause und erwarb sich das Nothdürftige durch schlecht bezahlte Privatstunden; dabei schloss er sich aber von keiner studentischen Zusammenkunft aus und, was für mich das Räthselhafteste war, er hatte fast immer Geld, so dass er anderen etwas zu borgen vermochte. Eines Winterabends befand ich mich in der, ich muss es gestehen, nicht allzu seltenen Lage, dass meine sämmtlichen Hülfsquellen versiegt waren, während mein Wechsel erst in einigen Tagen eintreffen konnte. Nach sorgfältigem Umdrehen aller Taschen und Aufziehen sämmtlicher Schubladen hatte ich noch dreissig Pfennige zusammengebracht und mit diesem Besitzthum, das einsam in meiner Tasche klimperte, schlenderte ich durch die Strassen, in eifriges Nachdenken über die vortheilhafteste Anlage dieses Kapitals versunken. In dieser Gedankenarbeit unterbrach mich Hühnchen, der plötzlich mit dem fröhlichsten Gesichte von der Welt vor mir stand und mich fragte, ob ich ihm nicht drei Thaler leihen könne. Da ich mich nun mit der Absicht getragen hatte, ein ähnliches Ansinnen an ihn zu stellen, so konnte ich mich des Lachens nicht enthalten und legte ihm die Sache klar. „Famos," sagte er, „also dreissig Pfennige hast Du noch? Wenn wir beide zusammenlegen, haben wir auch nicht mehr. Ich habe soeben Alles fortgegeben an unseren Landsmann Braun, der einen grossen Stiftungscommers mitmachen muss und das Geld natürlich nothwendig brauchte. Also dreissig Pfennige hast Du noch? Dafür wollen wir uns einen fidelen Abend machen!"

Ich sah ihn verwundert an.

„Gieb mir nur das Geld," sagte er, „ich will einkaufen — zu Hause habe ich auch noch allerlei — wir wollen lukullisch leben heute Abend — lukullisch, sage ich."

Wir gingen durch einige enge Gassen der Aegidienvorstadt zu, seiner Wohnung. Unterwegs verschwand er in einem kleinen, kümmerlichen Laden, der sich durch ein paar gekreuzte Kalkpfeifen, einige verstaubte Cichorien- und Tabakspakete, Wichskruken und Senftöpfe kennzeichnete, und kam nach kurzer Zeit mit zwei Düten wieder zum Vorschein.

Leberecht Hühnchen wohnte in dem Giebel eines lächerlich kleinen und niedrigen Häuschens, das in einem ebenso winzigen Garten gelegen war. In seinem Wohnzimmer war eben so viel Platz, dass zwei anspruchslose Menschen die Beine darin ausstrecken konnten, und nebenan befand sich eine Dachkammer, welche fast vollständig von seinem Bette ausgefüllt wurde, so dass Hühnchen, wenn er auf dem Bette sitzend die Stiefel anziehen wollte, zuvor die Thür öffnen musste. Dieser kleine Vogelkäfig hatte aber etwas eigenthümlich Behagliches; etwas von dem sonnigen Wesen seines Bewohners war auf ihn übergegangen.

„Nun vor allen Dingen einheizen," sagte Hühnchen, „setze Dich nur auf das Sopha, aber suche Dir ein Thal aus. Das Sopha ist etwas gebirgig; man muss sehen, dass man in ein Thal zu sitzen kommt."

Das Feuer in dem kleinen eisernen Kanonenofen, der sich der Grösse nach zu anderen gewöhnlichen Oefen etwa verhielt wie der Teckel zum Neufundländer, gerieth bei dem angestrengten Blasen meines Freundes bald in Brand und er betrachtete wohlgefällig die züngelnde Flamme. Dieser Ofen war für ihn ein steter Gegenstand des Entzückens.

„Ich begreife nicht," sagte er, „was die Menschen gegen eiserne Oefen haben. In einer Viertelstunde haben wir es nun warm. Und dass man nach dem Feuer sehen und es schüren muss, das ist die angenehmste Unterhaltung, welche ich kenne. Und wenn es so recht Stein und Bein friert, da ist er herrlich, wenn er so roth und trotzig in seiner Ecke steht und gegen die Kälte anglüht."

Hiernach holte er einen kleinen rostigen Blechtopf, füllte ihn mit Wasser und setzte ihn auf den Ofen. Dann bereitete er den Tisch für das Abendessen vor. In einem kleinen Holzschränkchen befanden sich seine Wirthschaftsgegenstände. Da waren zwei Tassen, eine schmale hohe, mit blauen Vergissmeinnicht und einem Untersatz, der nicht zu ihr passte, und eine ganz breite flache, welche den Henkel verloren hatte,

Dann kam eine kleine schiefe Butterdose zum Vorschein, eine Blechbüchse mit Thee und eine runde Pappschachtel, welche ehemals Hemdenkragen beherbergt hatte und jetzt zu dem Range einer Zuckerdose avancirt war. Das köstlichste Stück war aber eine kleine runde Theekanne von braunem Thon, welche er stets mit besonderer Vorsicht und Schonung behandelte, denn sie war ein Familienerbstück und ein besonderes Heiligthum. Drei Teller und zwei Messer, welche sich so unähnlich waren, wie das für zwei Tischmesser nur irgend erreichbar ist, eine Gabel mit nur noch zwei Zinken und einer fatalen Neigung, ihren Stiel zu verlassen, sowie zwei verbogene Neusilber-Theelöffel vollendeten den Vorrath.

Als er alle diese Dinge mit einem gewissen Geschick aufgebaut hatte, liess er einen zärtlichen Blick der Befriedigung über das Ganze schweifen und sagte: „Alles mein Eigenthum. Es ist doch schon ein kleiner Anfang zu einer Häuslichkeit.“

Unterdess war das Wasser ins Sieden

gerathen, und Hühnchen brachte aus der grösseren Düte fünf Eier zum Vorschein, welche zu kochen er nun mit grossem Geschick unter Beihülfe seiner Taschenuhr unternahm. Nachdem er sodann frisches Wasser für den Thee aufgesetzt und ein mächtiges Brot herbeigeholt hatte, setzte er sich mit dem Ausdruck der höchsten Befriedigung zu mir in ein benachbartes Thal des Sophas und die Abendmahlzeit begann.

Als mein Freund das erste Ei verzehrt hatte, nahm er ein zweites und betrachtete es nachdenklich. „Sieh mal, so ein Ei,“ sagte er, „es enthält ein ganzes Huhn, es braucht nur ausgebrütet zu werden. Und wenn dies gross ist, da legt es wieder Eier, aus denen nochmals Hühner werden und so fort, Generationen über Generationen. Ich sehe sie vor mir, zahllose Schaaren, welche den Erdball bevölkern. Nun nehme ich dies Ei und mit einem Schluck sind sie vernichtet! Sieh mal, das nenne ich schlampampen!“

Und so schlampampten wir und tranken

Thee dazu. Ein kleines, sonderbares gelbes Ei blieb übrig, denn zwei in fünf geht nicht auf, und wir beschlossen es zu theilen. „Es kommt vor," sagte mein Freund, indem er das Ei geschickt mit der Messerschneide ringsum anklopfte, um es durchzuschneiden, „es kommt vor, dass zuweilen ganz seltene Exemplare unter die gewöhnlichen Eier gerathen. Die Fasanen legen so kleine gelbe; ich glaube wahrhaftig, dies ist ein Fasanenei, ich hatte früher eins in meiner Sammlung, das sah gerade so aus."

Er löste seine Hälfte sorgfältig aus der Schale und schlürfte sie bedächtig hinunter. Dann lehnte er sich zurück und mit halbgeschlossenen Augen flüsterte er unter gastronomischem Schmunzeln: „Fasan! Lukullisch!"

Nach dem Essen stellte sich eine Fatalität heraus. Es war zwar Tabak vorhanden, denn die spitze blaue Düte, welche Hühnchen vorhin eingekauft hatte, enthielt für zehn Pfennige dieses köstlichen Krautes, aber mein guter Freund besass nur eine einzige invalide

Pfeife, deren Mundstück bereits bis auf den letzten Knopf weggebraucht war und deren Kopf, weil er viel zu klein für die Schwammdose sich erwies, die unverbesserliche Unart besass, plötzlich herumzuschiessen und die Beinkleider mit einem Funkenregen zu bestreuen.

„Diese Schwierigkeit ist leicht zu lösen,“ sagte Hühnchen, „hier habe ich den Don Quijote,“ der, nebenbei gesagt, ausser einer Bibel und einigen fachwissenschaftlichen Werken, seine ganze Bibliothek ausmachte und den er unermüdlich immer wieder las, „der Eine raucht, der Andre liest vor, ein Kapitel ums andere. Du als Gast bekommst die Pfeife zuerst, so ist Alles in Ordnung.“

Dann, während ich die Pfeife stopfte, und er nachdenklich den Rest seines Thees schlürfte, kam ihm ein neuer Gedanke.

„Es ist etwas Grosses,“ sagte er, „wenn man bedenkt, dass, damit ich hier in aller Ruhe meinen Thee schlürfen und Du Deine Pfeife rauchen kannst, der fleissige Chinese in jenem fernen Lande für uns pflanzt und

der Neger für uns unter der Tropensonne
arbeitet. Ja, das nicht allein, die grossen
Dampfer durchbrausen für uns in Sturm
und Wogenschwall den mächtigen Ocean
und die Karawanen ziehen durch die brennende Wüste. Der stolze millionenreiche
Handelskönig, der in Hamburg in einem
Palaste wohnt und am Ufer der Elbe einen
fürstlichen Landsitz sein nennt, muss uns
einen Theil seiner Sorge zuwenden, und
wenn ihm Handelskonjunkturen schlaflose
Nächte machen, so liegen wir behaglich
hingestreckt und träumen von schönen
Dingen, und lassen ihn sich quälen, damit
wir zu unserem Thee und unserem Tabak
gelangen. Es schmeckt mir noch einmal
so gut, wenn ich daran denke."

Ach, er bedachte nicht, dass wohl der
grössere Theil dieses Thees an dem Ufer
eines träge dahinfliessenden Baches auf
einem heimathlichen Weidenbaum gewachsen
war, und dass dieser Tabak im besten Falle
die Ukermark sein Vaterland nannte, wenn
er nicht gar in Magdeburgs fruchtbaren

Gefilden von derselben Rübe seinen Ursprung
nahm, welche die Mutter des Zuckers war,
mit welchem wir uns den Thee versüsst
hatten.

Darnach vertieften wir uns in den alten
ewigen Don Quijote und so ging dieser
Abend heiter und friedlich zu Ende.

Auf dem Hinwege zu der jetzigen Wohnung meines Freundes hatte ich mir diese
und ähnliche harmlose Erlebnisse aus jener
fröhlichen Zeit wieder ins Gedächtniss gerufen und eine Sehnsucht hatte mich befallen nach jenen Tagen, die nicht wieder-
kehren. Wohin war er entschwunden, der
goldene Schimmer, welcher damals die Welt
verklärte? Und wie würde ich meinen Freund
wiederfinden? Vielleicht hatte die rauhe
Welt auch von seinem Gemüth den sonnigen
Duft abgestreift, und es war nichts übrig
geblieben, als eine speculirende, rechnende
Maschine, wie ich das schon an so Manchen
erlebt hatte.

Er sollte in der Gartenstrasse wohnen, allein über die Hausnummer war ich nicht im Klaren. Schon wollte ich in ein Haus gehen, das ich für das richtige hielt, und mich erkundigen, als ich auf zwei nette, reinliche Kinder von etwa fünf und sechs Jahren aufmerksam wurde, welche sich vor der benachbarten Hausthür auf eine für sie scheinbar köstliche Art vergnügten. Es war ein trüber Sommertag gewesen und nun gegen Abend fing es an ganz sanft zu regnen. Da hatte nun der Knabe als der ältere den herrlichen Spass entdeckt, das Gesicht gegen den Himmel zu richten und es sich in den offnen Mund regnen zu lassen. Mit jener Begeisterung, welche Kinder solchen neuen Erfindungen entgegenbringen, hatte das Mädchen dies sofort nachgeahmt, und nun standen sie beide dort, von Zeit zu Zeit mit ihren fröhlichen Kinderstimmen in hellen Jubel ausbrechend über dieses ungekannte und kostenlose Vergnügen. Mich durchzuckte es wie ein Blitz: „Das sind

Hühnchens Kinder!" Dies war ganz in seinem Geiste gehandelt.

Ich fragte den Jungen: „Wie heisst Dein Vater?" „Unser Vater heisst Hühnchen," war die Antwort. „Wo wohnt er?"

„Er wohnt in diesem Hause drei Treppen hoch." „Ich möchte ihn besuchen," sagte ich, indem ich dem Knaben den reinlichen Blondkopf streichelte. „Ja, er ist zu Hause," war die Antwort, und nun liefen beide Kinder eilfertig mir voran und klasperten mit ihren kleinen Beinchen hastig die Treppen hinauf, um meine Ankunft zu vermelden. Ich folgte langsam und als ich oben ankam, fand ich die Thür bereits geöffnet und Hühnchen meiner wartend. Es war dunkel auf dem Flur und er erkannte mich nicht. „Bitte, treten Sie ein," sagte er, indem er eine zweite Thür aufstiess, „mit wem habe ich die Ehre?"

Ich antwortete nicht, sondern trat in das Zimmer und sah ihn an. Er war noch ganz derselbe, nur der Bart war grösser geworden und die Haare etwas von der Stirn zurückgewichen. In den Augen lag noch

der alte unverwüstliche Sonnenschein. Im
helleren Lichte erkannte er mich sofort.
Seine Freude war unbeschreiblich. Wir um-
armten uns und dann schob er mich zurück
und betrachtete mich:

„Weisst Du, was ich thun möchte?“
sagte er dann, „was wir früher thaten, wenn
unsere Freude anderweitig nicht zu bändigen
war; einen Indianertanz möchte ich tanzen,
weisst Du wohl noch wie damals, als Deine
Schwester sich mit Deinem Lieblingslehrer
verlobt hatte, und Du vor lauter Wonne
diesen Tanz erfandest und ich immer mit-
hopste, aus Mitgefühl.“ Und er schwenkte
seine Beine und machte einige Sprünge,
deren er sich in seinen jüngsten Jahren
nicht hätte zu schämen brauchen. Dann
umarmte er mich noch einmal und wurde
plötzlich ernsthaft.

„Meine Frau wird sich freuen,“ sagte er,
„sie kennt Dich und liebt Dich durch meine
Erzählungen, aber eins muss ich Dir sagen;
ich glaube, Du weisst es nicht: Meine Frau
ist nämlich —“ hierbei klopfte er sich mit

der rechten Hand auf die linke Schulter —
„sie ist nämlich nicht ganz gerade. Ich
sehe das nicht mehr und habe es eigentlich
nie gesehen, denn ich habe mich in ihre
Augen verliebt — und in ihr Herz — und
in ihre Güte — und in ihre Sanftmuth —
kurz, ich liebe sie, weil sie ein Engel ist.
Und warum ich Dir das jetzt sage? Sieh
mal, wenn Du es nicht weisst, so möchtest
Du befremdet sein, wenn Du meine Frau
siehst, und sie möchte das in Deinen
Augen lesen. Nicht wahr, Du wirst nichts
sehen?"

Ich drückte ihm gerührt die Hand und
er lief an eine andere Thür, öffnete sie und
rief: „Lore, hier ist ein lieber Besuch, mein
alter Freund aus Hannover, Du kennst ihn
schon!"

Sie trat ein und hinter ihr wieder die
beiden freundlichen Kinder mit den rosigen
Apfelgesichtern. Meines Freundes Warnung
war nicht umsonst gewesen, und ich weiss
nicht, ob ich in der Ueberraschung des ersten
Augenblicks mein Befremden hätte verbergen

können. Allein in den dunklen Augen dieser Frau schimmerte es wie ein unversieglicher Born von Liebe und Sanftmuth, und schweres gewelltes Haar von seltener Fülle umgab das blasse Antlitz, welches nicht schön, aber von dem Widerschein innerer Güte anmuthig durchleuchtet war.

Nach der ersten Begrüssung meinte Hühnchen: „Heute Abend bleibst Du hier, das ist selbstverständlich. Lore, Du wirst für eine fürstliche Bewirthung sorgen müssen. Tische auf, was das Haus vermag. Das Haus vermag freilich gar nichts!" sagte er dann zu mir gewendet, „Berliner Wirthschaft kennt keine Vorräthe. Aber es ist doch eine wunderbare Einrichtung. Die Frau nimmt sich ein Tuch um und ein Körbchen in die Hand und läuft quer über die Strasse. Dort wohnt ein Mann hinter Spiegelscheiben, ein rosiger behäbiger Mann, der in einer weissen Schürze hinter einem Marmortische steht. Und neben ihm befindet sich eine rosige, behäbige Frau und ein rosiges, behäbiges Ladenmädchen, ebenfalls mit weissen

Schürzen angethan. Meine kleine Frau tritt nun in den Laden und in der Hand trägt sie ein Zaubertäschchen — gewöhnliche Menschen nennen es Portemonnaie. Auf den Zauber dieses Täschchens setzen sich nun die fleissigen Messer in Bewegung und säbeln von den köstlichen Vorräthen, welche der Marmortisch beherbergt, herab, was das Herz begehrt, und der Säckel bezahlen kann. Meine kleine Frau läuft wieder über die Strasse und nach zehn Minuten ist der Tisch fertig und bedeckt mit Allem, was man nur verlangen kann — wie durch Zauber."

Seine Frau war unterdess mit den Kindern lächelnd hinaus gegangen, und da Hühnchen bemerkte, dass ich die ärmliche, aber freundliche Einrichtung des Zimmers gemustert hatte, so fuhr er fort: „Purpur und köstliche Leinwand findest Du nicht bei mir, und die Schätze Indiens sind mir noch immer fern geblieben, aber das sage ich Dir, wer gesund ist —" hierbei reckte er seine Arme in der Manier eines Zircus-

Atlethen, „wer gesund ist und eine so herrliche Frau hat, wie ich, und zwei so präch-
tige Kinder — ich bin stolz darauf, dies
sagen zu dürfen, obgleich ich der Vater
bin — wer alles dieses besitzt und doch
nicht glücklich ist, dem wäre es besser,
dass ihm ein Mühlstein um den Hals gehängt und er versenkt würde in das Meer,
da es am tiefsten ist!“ Er schwieg eine
Weile, schaute mich mit glücklichen Augen
an und fuhr dann fort: „In der Zeit, da der
Knabe erwartet wurde, ward meine Frau
oft von bösen Gedanken gequält, denn die
Furcht verliess sie nicht, ihr — — nun
dass sie nicht ganz gerade ist — möchte
sich auf das Kind vererben und des Nachts,
wenn sie dachte, ich schliefe, hörte ich sie
manchmal leise weinen. Als dann aber der
grosse Augenblick gekommen war und die
Wehmutter ihr das Kind zum ersten Male
in die Arme geben wollte, da glitten ihre
Augen mit einer ängstlichen Hast darüber
hin und ein plötzlicher Freudenblitz zuckte
über ihr Gesicht und sie rief: „Er ist

gerade! Nicht wahr er ist gerade! O Gott ich danke Dir — ich bin so glücklich!“ Damit sank sie zurück in die Kissen und schloss die Augen, aber auf ihren Zügen lag es wie stiller Sonnenschein. Ja, und was habe ich gemacht? Ich bin leise hinausgegangen in das andere Zimmer und habe die Thür abgeriegelt und habe mir die Stiefel ausgezogen, dass es keinen Lärm machen sollte und habe einen Indianertanz losgelassen, wie noch nie. Ein besonderes Glück ist, dass es niemand gesehen hat, man hätte mich ohne Zweifel direkt ins Irrenhaus gesperrt.“

Frau Lore war unterdess von ihrem Ausgang zurückgekehrt und bereitete nun in hausmütterlicher Geschäftigkeit den Tisch, während die beiden Kinder mit grosser Wichtigkeit ihr dabei zur Hand gingen. Plötzlich sah Hühnchen seine Frau leuchtend an, hob den Finger empor und sagte: „Lore, ich glaube, heute Abend ist es Zeit! „Die kleine Frau lächelte verständnissinnig und brachte dann eine Weinflasche herein und Gläser, welche sie auf dem Tische ordnete. Hühnchen nickte mir zu: „Es ist Tokaier," sagte er, „kürzlich, als ich das Geld für eine Privatarbeit erhalten hatte und es so wohlhabend in meiner Tasche klimperte, da bekam ich opulente Gelüste und ging hin und kaufte mir eine Flasche Tokaier, aber vom besten. Abends jedoch, als ich sie öffnen wollte, da that es mir leid und ich sagte: „Lore, stelle sie weg, vielleicht kommt bald eine bessere Gelegenheit. Ich glaube, es giebt Ahnungen, denn eine plötzliche Erinnerung an Dich ging mir dabei durch den Sinn."

Wie heiter und fröhlich verlief dies kleine Abendessen. Es war, als wäre der Sonnenschein, der einst in Ungarns Bergen diesen feurigen Wein gereift, wieder lebendig geworden und fülle das ganze Zimmer mit seinem heitren Schimmer. Die beiden Kinder bekamen von dem ungewohnten Getränk einen kleinen Spitz und konnten, als sie zu Bette gebracht waren, vor Lachen nicht ein-

schlafen, bis sie plötzlich mit einem Ruck
weg waren. Auf die blassen Wangen der
kleinen Frau zauberte der ungarische Sonnenschein einen sanften Rosenschimmer. Sie
setzte sich nachher an ein kleines dünn-
stimmiges, heiseres Clavier, und sang mit
anmuthigem Ausdruck Volkslieder, wie zum
Beispiel: „Verstohlen geht der Mond auf...."
oder „Wär' ich ein wilder Falke...." Nachher sassen wir behaglich um den Tisch und
plauderten bei einer Zigarre. Ich fragte
Hühnchen nach seinen geschäftlichen Verhältnissen. Ich erfuhr, dass sein Gehalt
bewunderungswürdig klein war, und dass
er dafür ebenso bewunderungswürdig viel
zu thun hatte. „Ja, früher, in der sogenannten Gründerzeit," sagte er, „da war's
besser, da gab's auch mancherlei Neben-
verdienst. Wir gehen alle Jahre zweimal
ins Opernhaus in eine recht schöne Oper,
und damals haben wir uns gar bis in den
zweiten Rang verstiegen, wo wir ganz stolz
und preislich sassen und vornehme Gesichter
machten und dachten, es käme wohl noch

mal eine Zeit, da wir noch tiefer sinken
würden, bis unten ins Parquett, von wo die
glänzenden Vollmonde wohlsituirter, behäbiger Rentiers zu uns emporleuchteten. Es
kamen aber die sogenannten schlechten
Zeiten und endlich ereignete es sich, dass
unser Chef einen Theil seiner Beamten ent-
lassen und das Gehalt der anderen sehr bedeutend reduziren musste. Ja, da sind wir
wieder ins Amphitheater emporgestiegen.
Im Grunde ist es ja auch ganz gleich, ich
finde sogar, die Illusion wird befördert durch
die weitere Entfernung von der Bühne. Und
glaube nur nicht, dass dort oben keine gute
Gesellschaft vorhanden ist. Dort habe ich
schon Professoren und tüchtige Künstler
gesehen. Dort sitzen oft Leute, welche
mehr von Musik verstehen, als die ganze
übrige Zuhörerschaft zusammengenommen,
dort sitzen Leute mit Partituren in der
Hand, welche dem Capellmeister Note für
Note auf die Finger gucken und ihm nichts
schenken.“

Es war elf Uhr, als ich mich verabschiedete. Zuvor wurde ich in die Schlafkammer geführt, um die Kinder zu sehen, welche in einem Bettchen lagen in gesundem, rosigen Kinderschlaf. Hühnchen strich leise mit der Hand über den Rand der Bettstelle: „Dies ist meine Schatzkiste," sagte er mit leuchtenden Augen, „hier bewahre ich meine Kostbarkeiten — alle Reichthümer Indiens können das nicht erkaufen!"

Als ich einsam durch die warme Sommernacht nach Hause zurückkehrte, war mein Herz gerührt, und in meinem Gemüth bewegte ich mancherlei herzliche Wünsche für die Zukunft dieser guten und glücklichen Menschen. Aber was sollte ich ihnen wünschen? Würde Reichthum ihr Glück befördern? Würde Ruhm und Ehre ihnen gedeihlich sein, wonach sie gar nicht trachteten? „Gütige Vorsehung," dachte ich zuletzt, „gieb ihnen Brod und gieb ihnen Gesundheit bis ans Ende — für das Uebrige werden sie schon selber sorgen. Denn wer das Glück in sich trägt in still zufriedener

Brust, der wandelt sonnigen Herzens dahin
durch die Welt, und der goldene Schimmer
verlockt ihn nicht, dem die Andern gierig
nachjagen, denn das Köstlichste nennt er
bereits sein eigen."

WEINLESE
BEI LEBERECHT HÜHNCHEN.

Unterdess ist es Leberecht Hühnchen recht gut gegangen. Er hat seine Stellung in der Fabrik vor dem Oranienburger Thor mit einer solchen an einer Eisenbahn vertauscht und bei dieser Gelegenheit eine kleine Verbesserung seines Gehaltes erfahren. Zudem ist ihm ganz unerwartet eine kleine Erbschaft zugefallen, welchen Umstand er sofort benutzt hat, einen langjährigen Lieblingsplan auszuführen, nämlich sich ein eigenes Haus mit einem Gärtchen dabei anzuschaffen. Im letzten März kam er eines Tages zu mir und ging nach der ersten Begrüssung ohne

weiter etwas zu sagen, die Daumen in die
Aermellöcher seiner Weste gesteckt, im
Zimmer auf und ab, indem er sich sichtlich
ein gespreiztes und geschwollenes Ansehen
zu geben suchte. Nachdem ich eine Weile
mit Verwunderung diesem Treiben zugesehen hatte, stellte er sich breitspurig vor
mich hin und fragte, indem er mit leuchtenden Augen mich triumphirend anblickte:
„Bemerkst Du gar nichts an mir?“

„Es scheint mir,“ sagte ich, „dass Du
sehr gut gefrühstückt hast.“

„Nicht im geringsten,“ sagte er, „aber
bemerkst Du nicht etwas Wohlhabendes, ja
fast Protzenhaftes an mir? Sieht man mir
nicht auf hundert Schritte an, dass ich
Grundeigenthümer und Hausbesitzer bin?“

Ich war ganz erstaunt über diese uner-
wartete Thatsache.

„Ja, es ereignen sich wunderliche Dinge,“
sagte er, stellte sich vor den Spiegel und
nickte seinem Bilde wohlwollend zu: „So
sieht man also aus?“ fuhr er fort. „Hier
unterhalb fehlt's noch. Eine gewisse wohl-

habende Rundung des Bäuchleins scheint mir das zu sein, wonach ich zunächst zu streben habe. Auf dieser Grundlage würde dann eine goldene Uhrkette von hinreissender Wirkung sein."

„Vor allen Dingen befriedige meine Neugier," sagte ich, „was hat dies zu bedeuten?"

„Weiter nichts," war die Antwort, „als dass ich mir gestern in Steglitz ein Haus gekauft habe mit einem Garten. Ein reizendes Häuschen. Es ist zwar nur klein, aber sehr niedlich. Du musst nicht denken, dass es eine sogenannte Villa ist — Säulen und Karyatiden und ornamentales Gemüse sind gar nicht daran. Ich hab's von einem Schuster gekauft, der nach Amerika geht. Es riecht darin ziemlich nach Leder und Pech, aber das gibt sich, wenn ich es erst tapeziert habe. Der Garten ist entzückend, das heisst wie ich ihn mir denke, wenn ich ihn erst bepflanzt habe; denn augenblicklich ist gar nichts drin, als ein kleiner Nussbaum und ein Birnbaum. Der Schuster schwört, es seien Bergamotten. Am Hause ist ein junger Weinstock, der im vorigeu Jahre, wie mir derselbe Mann unter Flüchen betheuerte, bereits sieben Trauben „von eine jute süsse Sorte" getragen hat. Denke Dir, das wächst alles und vermehrt sich. Stelle Dir vor, was ich an Obst dazu pflanzen werde, natürlich nur die edelsten Arten, denn der Platz ist kostbar. Was meinst Du zu einem Mistbeet? Würdest Du es für einen unverantwortlichen Luxus halten, wenn ich Melonen züchtete?

An die Schattenseite des Hauses wird Epheu gepflanzt, an die Westseite Rankrosen. Schliesslich soll es ganz besponnen und berankt sein, wie es immer in den Geschichten vorkommt, wenn die Dichter ein idyllisches Glück schildern wollen. Oben liegt eine Giebelstube mit der Aussicht auf den Garten, wunderbar geeignet für eine alte Dame, die Blumen malt oder einen Junggesellen, der Verse macht. Dieses Zimmer wollen wir vermiethen. Es soll uns einen nicht unbedeutenden Beitrag zur Verzinsung des hineingesteckten Kapitals liefern.

Am 1. April wird eingezogen. Lore und
die Kinder sind fast ausser sich vor Entzücken. Siehst Du, das ist die grosse
Neuigkeit."

Ich suchte, so gut ich vermochte, an dem
Entzücken des guten Freundestheilzunehmen
und gab das Versprechen ab, nach ge-
schehener Einrichtung dies gepriesene Idyll
zu besichtigen. Eines Sonntags am Ende
des April fuhr ich zu diesem Zwecke nach
Steglitz und ward mit grosser Freude von
der Familie Hühnchen begrüsst. Wie ich
mir schon gedacht hatte — es war ein
kleines erbärmliches Häuschen, aber was
die Leute draus gemacht hatten, das war
wunderbar. Unten enthielt es ausser einem
kleinen Vorraum eine winzige Küche und
drei Zimmer, deren eines aber so eng wie
ein Vogelbauer war und lebhaft an Hühnchens Schlafzimmer in Hannover erinnerte,
woselbst er sich die Stiefel nicht anziehen
konnte ohne die Thür zum Nebenzimmer zu
öffnen. In dieses Stübchen führte mich Hühnchen zuerst und zwar mit besonderer Wonne:

„Siehst Du, lieber Freund," sagte er, „alle Früchte reifen allmählich an dem Baum der Erfüllung und fallen einem lieblich in den Schooss. Mein langjähriger Wunsch seit ich verheiratet bin, ein Stübchen ganz für mich zu haben, ist nun auch erfüllt."

Ich schaute in dem kleinen Raum umher. Vor dem Fenster stand ein Tisch mit grünem Stoff bis zum Fussboden behangen und füllte die ganze Breite des Zimmers aus. Zwei Stühle und ein Bücherbrett waren sämmtliche übrigen Möbel — mehr war auch nicht gut unterzubringen. An der Wand, dem Bücherbrett gegenüber, hingen „anmuthig gruppirt", wie Hühnchen sich ausdrückte, die Photographie einer Lokomotive, die Bilder seiner Eltern und vieler Freunde. Das technische Museum, den Ahnensaal und den Freundschaftstempel nannte er das. Jetzt deutete er mit einer listigen Verschlagenheit in Blick und Wesen auf den grün behangenen Tisch, der mit Schreibutensilien und alten Büchern bedeckt war, und sagte:

„Sieht dieses Möbel nicht merkwürdig opulent und fast prunkvoll aus — nicht wahr? Eine gewisse erhabene Grossartigkeit kommt darin zum Ausdruck?“

Ich bestätigte dies lächelnd.

„Blendwerk der Hölle!“ sagte Hühnchen, hob die Decke empor und sah mich triumphirend an. Es zeigte sich, dass dieser Tisch weiter nichts war als eine grosse Kiste, mit der Oeffnung nach vorn auf die Seite gelegt.

Wir besichtigten dann die anderen Räume der Wohnung, und ich fand alles so behaglich freundlich und sauber, wie es mit den einfachen Möbeln nur erzielt werden konnte. Dann ging's in den Garten. Es war unglaublich, was auf diesem kleinen Raum alles gesäet und gepflanzt war. Dort befand sich ein Kartoffelfeld in der Grösse von vier Quadratmetern und ausserdem alle nur denkbaren Küchengewächse auf Beeten von den winzigsten Dimensionen.

„Ich habe vor allen Dingen eine grosse Reichhaltigkeit der Bebauung angestrebt,“

sagte Hühnchen, „in dieser Hinsicht soll der Garten ein Glanzpunkt dieser Besitzung werden."

Er zog ein Papier aus der Tasche und breitete es vor mir aus: „Der Bebauungsplan!" sagte er wichtig. „Wird alljährlich angefertigt, um einen rationellen Fruchtwechsel beobachten zu können."

In verschiedenen zarten Farben waren dort alle Beete verzeichnet und mit zierlicher Rundschrift bei jedem die Art der Bepflanzung angemerkt. Bei dem Nussbaum, der durch einen kleinen grünen Kreis angedeutet war, sah ich ein schwarzes Viereck mit der Ueberschrift: „Hänschen."

„Was ist das?" fragte ich.

„Dort liegt Hänschen begraben," antwortete Hühnchen, „unser guter Kanarienvogel. Er muss sich beim Umzug erkältet haben, denn gleich nachher blies er sich auf und kränkelte. Lore will gehört haben, dass er gehustet hat, allein das ist wohl ein Irrthum. Er hatte übrigens stets eine zarte Gesundheit. Kurz vor seinem Tode hat er

noch einmal ganz leise gezwitschert und ge-
sungen wie im Traum. Dann fiel er plötzlich von der Stange und war todt. Es muss
Herzschlag gewesen sein oder sowas. Wir
haben ihn sehr feierlich begraben. Zuerst
war er ausgestellt auf rosa Watte in einer
Schachtel mit Schneeglöckchen. Nachher,
als die Kinder ihn hinaustrugen, hat Lore
einen Trauermarsch gespielt. Hier ist sein
Denkmal."

Wir waren unterdess an den Nussbaum
gelangt und es zeigte sich dort ein flacher
Stein mit der Inschrift: „Hänschen." Eine
kleine dünne Epheuranke war daneben gepflanzt.

Wir besichtigten den Garten weiter. Die
Abtheilung für Obst zeigte einen Zuwachs
von sechs Stachelbeerbüschen in sechs verschiedenen Sorten; Johannisbeerbüsche
waren in derselben Fülle vorhanden, während
Himbeersträucher in der stattlichen Anzahl
von zwölf Exemplaren sich den Blicken
zeigten.

„Diese beiden neugepflanzten Bäume betrachte mit Ehrfurcht," sagte Hühnchen, „Grafensteiner und Napoleonsbutterbirne." Das letzte Wort sprach er in einem gastronomischen Schmunzeln aus, als zerginge ihm schon jetzt diese saftige Frucht auf der Zunge.

Zum Schluss, nachdem ich das Gebirge, ein Etablissement aus sechs Feldsteinen, und den Teich, eine eingegrabene Tonne zum Auffangen des Regenwassers, bewundert hatte, ward ich auf ein Blechgefäss aufmerksam, das sich oben auf der bis jetzt nur aus kahlen Latten bestehenden Laube befand. Ich erkundigte mich danach.

„Bassin für die Wasserkunst," sagte Hühnchen, „die Anlage ist noch im Werden begriffen. Wenn Du uns später einmal wieder besuchst, werden wir zur Feier des Tages die grossen Wasser spielen lassen. Dies wird dem Ganzen eine besondere und festliche Weihe verleihen!"

Im Laufe des Frühlings und Sommers kam ich mit Hühnchen nicht wieder zusammen. Am Ende des Septembers aber erhielt ich von ihm einen Brief folgenden Inhalts:

Steglitz, den 28. September 1881.
Villa Hühnchen.

Herr und Frau Hühnchen geben sich die Ehre, Sie zum Sonntag, den 2. Oktober, Nachmittags 5 Uhr zur Weinlese einzuladen.

Programm.

1. Begrüssung der Gäste.
2. Besichtigung der Gartenanlagen und der Menagerie.
3. Eröffnung der Weinlese durch einen Böllerschuss.
4. Weinlese und Nusspflücken.
5. Festzug der Winzer.
6. Feuerwerk.
7. Festessen.
8. Musikalische Abendunterhaltung und Tanz.

U A. w. g.

Dass ich zusagte, war selbstverständlich. Ausser mir war nur noch ein Gast geladen, nämlich eine würdevolle ältere Dame, welche die Giebelstube gemiethet hatte und dort von den Zinsen eines kleinen Vermögens und der Erinnerung an eine glanzvolle Jugend zehrte. Es war eine steife, anspruchsvolle Person, welche, sobald man sich nicht genügend mit ihr beschäftigte, einen Dunst von Vernachlässigung und Kränkung um sich verbreitete.

„Sie hat bessere Zeiten gesehen," flüsterte Hühnchen mir zu. „Sie stammt aus einer reichen Familie, die aber später verarmt ist. In ihrer Jugend hat sie von silbernen Tellern gespeist. Sie hätte sich fünfmal vortheilhaft verheirathen können — einmal sogar mit einem Grafen — aber sie hat nicht gewollt. Sie hat schwere Schicksale erlitten und ist dadurch etwas muffig und säuerlich geworden, aber wir behandeln sie mit Schonung — natürlich — wie Du Dir wohl denken kannst."

Den Garten zeigte mir Hühnchen mit

grossem Stolz. Die Wasserkunst war fertig und erwies sich als ein kleiner fadendünner Springbrunnen von fast ein Meter Höhe, der sein Gewässer in eine mit bunten Steinchen ausgelegte Schale ergoss.

„Leider ist er ein wenig asthmatisch," sagte Hühnchen, „denn sein Bassin ist nur klein und muss alle halbe Stunde gefüllt werden. Aber es sieht doch opulent und festlich aus."

Am Weinstock waren in diesem Jahre fünfzehn Trauben gewachsen, und der Nussbaum trug einundzwanzig Früchte.

„Eigentlich sind es fünfundzwanzig gewesen," sagte Hühnchen, „allein drei sind vorher abgefallen, und eine war auf unbegreifliche Art verschwunden. Aber noch am selben Abend, als Lore den Kindern, die schon im Bett lagen, gute Nacht sagte, fingen beide an unermesslich zu schluchzen und gestanden unter vielen Thränen, wo die Vermisste geblieben war. Hans hatte, getrieben vom Dämon der Genusssucht, sie unterschlagen und dann Frieda zur Theilnahme an dieser Unthat verführt. Sie waren mit ihrem Raub auf den Boden gegangen und hatten ihn dort gemeinschaftlich verzehrt."

Wir gelangten nun an den Birnbaum. „Hier ist eine schmähliche Täuschung zu verzeichnen," sagte Hühnchen; „der Schuster hat sich als ein Lügenbold erwiesen, denn anstatt Bergamotten hat dieser Baum ganz gemeine Kräuterbirnen hervorgebracht. Den Kindern hat es jedoch viel Vergnügen bereitet, denn sie schätzen diese harmlose Frucht ungemein."

Nach Besichtigung der Menagerie, in welche die Säugethiere durch ein schwarzes Kaninchen, die Vogelwelt durch einen jungen Staar ohne Schwanz und die Amphibien durch einen melancholischen Laubfrosch vertreten waren, führte mich Hühnchen in einen schattigen Winkel des kleinen Gärtchens, woselbst ein Hügel aus Erde, Unkraut, halbvermodertem Strauchwerk, Laub und Küchenabfällen zusammengesetzt, sich meinen Blicken zeigte.

„Diese Einrichtung bitte ich mit Ehr-

furcht zu betrachten," sagte er, „denn hier
schlummert die Zukunft. Dies ist nämlich
der Komposthaufen. Kraft und Milde,
Süssigkeit und Würze liegen hier begraben,
um in späteren Jahren glanzvoll zur Auf-
erstehung zu gelangen und als köstliches
Gemüse oder süsse Frucht uns zu nähren
und zu laben."

Die Kinder kamen jetzt, jedes mit einem
Körbchen und einer Scheere ausgerüstet,
aus dem Hause, und wir begaben uns in
die Laube, woselbst auf dem Tische eine
kleine Kinderkanone aus Messing bereits
geladen unserer harrte. Hühnchen entzün-
dete feierlich ein Stückchen Feuerschwamm,
das an einem Stöckchen befestigt war und
feuerte mit grossem Geschick diesen fest-
lichen Böller ab. Er gab einen kleinen
zimperlichen Knall von sich, und die Weinlese begann. Bei dem stürmischen Eifer
der kleinen Winzer war sie in einer halben
Minute beendigt. Auch das festliche Nusspflücken nahm nicht mehr Zeit in Anspruch.
Hühnchen nahm nun eine kleine Blechpfeife

aus der Tasche, stellte sich an die Spitze
seiner Nachkommenschaft und hielt einen
feierlichen Umzug durch den Garten, wozu
er einen herzbewegenden Marsch in einer
verkehrten Melodie nach einem falschen
Tempo blies. Nachdem dieser Umzug be-
endet und die eingesammelten Früchte ab-
geliefert waren, machte sich Hühnchen an
die Vorbereitungen zum Feuerwerk, da die
Dunkelheit bereits hereingebrochen war.
Nach einer erwartungsvollen Pause ward es
durch einen der bereits bekannten Böller-
schüsse eingeleitet. Der erste Theil bestand
aus einem grossartigen Sprühteufel, an
welchen mindestens für fünfundzwanzig
Pfennige Pulver verschwendet war. Den
grössten Effekt machte aber der zweite
Theil, die bengalische Beleuchtung des
Springbrunnens, eine Nummer, welche ein-
stimmig da capo begehrt wurde. Diesem
ehrenden Verlangen konnte aber keine Folge
gegeben werden, weil das Pulver alle war.
„Ohne Rakete ist die Sache eigentlich nur
halb ,allein das geht wegen der Nachbarschaft

nicht,“ sagte Hühnchen dann, „aber ich
verstehe mich herrlich auf eine ganz ge-
fahrlose Sorte.“

Damit steckte er einen Finger in den
Mund und machte so täuschend das Geräusch
einer steigenden und platzenden Rakete
nach, dass wir in die Hände klatschten
und bewundernd „Ah!“ riefen, wie die Leute
zu thun pflegen, wenn der bunte Sternen-
regen leuchtend hervorblüht. Natürlich
immer mit Ausnahme der steifen alten
Jungfer mit der glänzenden Vergangenheit.
Diese sass wie eine feierliche alte Mumie da
und sah unergründlich aus.

Das Abendessen war dem glanzvollen
Verlaufe dieser Festlichkeit vollkommen an-
gemessen. An jedem Platze lag ein fein be-
schriebenes Kärtchen mit folgendem Inhalt:

Menu.

1. Speisen.

Pellkartoffeln mit Häring. Dazu Zwiebeln und Speck. (NB. Kartoffeln und Zwiebeln
eigenes Wachsthum.)

*

Kartoffelpfannkuchen mit Johannisbee-
ren. (NB. Specialität der Frau Hühnchen.)

*

Butter und ganz alter Berliner Kuhkäse.

*

Weintrauben, Walnüsse. (Eigenes Wachsthum.)

*

2. Getränke.

Doppelkümmel von Gilka und Bier aus der
weltberühmten Brauerei des Herrn Patzen-
hofer in Berlin.

*

Gewürzt war dies köstliche Mahl durch
die ausserordentlichsten Tischreden von
Hühnchen und in der ersten Pause durch
den gemeinschaftlichen Gesang des schönen
Liedes von Mathias Claudius:

„Pasteten hin, Pasteten her,
Was kümmern uns Pasteten?“ . . .

Mit besonderem Nachdruck ward die
letzte Strophe von Hühnchen hervorge-
schmettert:

„Schön röthlich die Kartoffeln sind
Und weiss wie Alabaster!
Sie dän'n sich lieblich und geschwind
Und sind für Mann und Weib und Kind
Ein rechtes Magenpflaster."

Die alte Dame sass wiederum steif und unverstanden da, benutzte aber die Ablenkung der allgemeinen Aufmerksamkeit dazu, mit merkwürdiger Gewandtheit heimlich einen Kümmel zu trinken. Als ich danach ihre röthliche Nasenspitze, die einzige farbige Abwechslung in ihrem langen grauweisslichen Gesichte, betrachtete, musste ich im Stillen mit dem vortrefflichen Menschenkenner Wilhelm Busch denken:

„Es ist ein Brauch von alters her:
Wer Sorgen hat, hat auch Likör!"

Wir gelangten allmählich zu den Früchten, und hier muss ich über einen Akt der Verschwendung berichten, den ich in diesem Hause nicht erwartet hatte. Hühnchen liess sich darüber, als die letzte Traube von der Schüssel verschwunden war, in dieser Weise aus:

„Wie lange und sorgfältig hat nicht die
Natur gearbeitet mit Frühlingsregen und
Sommersonnenschein, um diese Trauben zu
reifen. Monate gingen dahin, um diese
milde Süssigkeit hervorzubringen, die nun
in wenig Augenblicken verschlampampt wird.
Aber das gefällt mir — es erhebt meine
Seele und erfüllt mein Gemüth mit Genug-
thuung. Die Erde ist mein, und ich gebiete
ihr. Was sie in sorglich langer Arbeit müh-
sam zeitigt, ist gerade gut genug, einen
flüchtigen Augenblick lang meine Zunge zu
ergötzen."

Dann kam das Tanzvergnügen. Frau
Lore sass am Klavier und spielte einen alterthümlichen Walzer, welcher der Brümmer-
Walzer hiess und sich seit Jahren in der
Familie fortgeerbt hatte. Es war der einzige
Tanz, welchen sie konnte. Die alte Dame
nahm meine Aufforderung mit einem ungeheuren Knix entgegen und tanzte mit mir
wie ein feierliches Lineal, während Hühnchen
mit seinem Töchterlein erklecklich umher-
hopste. Als ich nach dem Tanze neben dem

Fräulein sass, ward es etwas aufgeknöpfter, und während die beiden Kinder nun munter nach dem Takte des Brümmer-Walzers herumsprangen, geruhte sie, mir allerlei anzuvertrauen.

„Die Hühnchens sind gute Leute," sagte sie, „aber wenn man sich zeitlebens in der besseren Gesellschaft bewegt hat, wie ich, da muss man sagen, sie haben keine Lebensart. Ich habe mir viel Mühe gegeben mit den Kindern, ihnen ein wenig gutes Benehmen, Anstand und Grazie beizubringen; aber hopsen sie da nicht, wie die Bauernkinder? Und wie laut sie lachen. Ja, das liegt im Blut, das muss angeboren sein. Meine Schwester, die Ministerialräthin Ritzebügel, hat eine Tochter in gleichem Alter; aber welch ein Unterschied! Diese Tournüre und diese feinen Manieren, die das Mädchen hat — keine Hofdame hat ein besseres Benehmen. Als das Kind noch in der Wiege lag, da bewegte es die Händchen schon so, dass man nichts Graziöseres sehen konnte. Nie werden Sie das Mädchen laufen oder sonst etwas thun sehen, das sich nicht schickt."

In diesem Augenblick rief mich Hühnchen, um mir seinen Plan zu zeigen für die Bewirthschaftung seines Gartens im nächsten Jahre.

„Entschuldige, dass ich eure Unterhaltung störe," sagte er; „aber das mit dem Plan ist nur ein Vorwand. Sieh' mal, die alte Dame wird ewig von Zahnschmerzen gequält. Ich habe heute schon mehrfach gesehen, dass sie mit leidendem Ausdruck die Hand an die Backe legt. Nun weiss ich, dass ein wenig Alkohol ein gutes Linderungsmittel für dies Leiden ist. Im Vertrauen gesagt, sie hat oben ein Schränkchen mit einigen grossen Flaschen, aus welchen sie von Zeit zu Zeit einen Esslöffel voll gegen diese hässlichen Schmerzen nimmt. Ich möchte ihr das kleine Gläschen wieder füllen, welches hinter ihr steht. Da ich nun weiss, sie hätte es nicht gern, wenn Du dies sehen würdest — Du weisst ja, wie so alte Damen sind — so habe ich Dich da weggerufen. Siehst Du, darum."

Dann schlich er sich leise hinterrücks herzu und füllte das Gläschen wieder. Als ich es nach einer Minute in Augenschein nahm, war es leer. Die Flasche stand aber in der Nähe, und ich bemerkte, dass Hühnchen sich noch öfter heimlich dort zu thun machte.

Schliesslich ward die alte Dame noch ganz aufgeräumt, begab sich nach vielem Bitten an das Klavier und sang mit einem dünnen Stimmlein: „Ich grolle nicht," wozu sie das kleine heisere Klavier gar erbärmlich wimmern liess. Dies schien aber die Saiten ihres Innern allzu heftig zu bewegen, denn nachher ward sie sehr melancholisch und schluchzte erklecklich. Sie sagte, sie hätte niemals dieses Lied singen sollen, an das so traurige Erinnerungen geknüpft wären. Dann seufzte sie kläglich: „O, meine Jugend!" und ward schliesslich von Frau Lore hinaufgebracht.

„Sie hat viel Trauriges erlebt," sagte

Hühnchen, und fügte dann mitleidig hinzu:
„Das arme, alte, einsame Geschöpf!"

Da nun das reichhaltige Programm ab-
gewickelt und die Zeit gekommen war, da
der Zug nach Berlin abging, verabschiedete
ich mich ebenfalls und somit nahm das
Fest der Weinlese bei Leberecht Hühnchen
ein Ende.

JORINDE.

ERINNERUNGSBLÄTTER.

VORSPIEL.

Jeden Nachklang fühlt mein Herz
Froh und trüber Zeit, ...
Goethe.

Glücklich zu preisen ist Jeder, der seine Kindheit auf dem Lande oder in einer kleinen Stadt verlebt hat. Wenn ich zuweilen durch die älteren Theile von Berlin wandere und die zahlreichen blassen Kinder betrachte, welche auf den Strassen und den staubigen Plätzen spielen, dann thut mir oftmals das Herz weh, wenn ich bedenke, was diese armen Kleinen entbehren müssen, allerdings, ohne dass es ihnen bewusst ist. Sie kennen oft nur ihre Etage

und die Strasse und allerhöchstens den
sandbestreuten, reihenweise mit Bäumen
bepflanzten, Biergarten, in welchen ihre Eltern
sie Sonntags mitzunehmen pflegen. Sie
wissen oft nicht, was ein Regenbogen ist,
weil sie vor lauter hohen Häusern noch
niemals einen gesehen haben, sie kennen
sogar oftmals den Donner des Himmels
nicht, weil das Geräusch der lauten Strasse
ihn übertäubte. Da sind doch die Kinder
des armen Bahnwärters, der seine Station
mitten im einsamen Tannenwalde hat, wahre
Könige zu nennen, denn ihnen gehört ringsum
die Welt. Ihnen gehört der kleine Bach
im Thalgrunde, wo sie Mühlen bauen und
Krebse greifen, und die Blumen, Schmetterlinge und Vögel sind ihnen unterthan. Der
Wald ist ihr Garten, der ihnen köstliche
Früchte trägt, er ist ihre Waffenkammer
und ihr Spielsaal. Statt schwüler staubiger
Strassenluft athmen sie den heilsamen Harz-
duft, und statt des ruhelosen Drängens und
Hastens einer gierig nach Erwerb und Ge-
nuss jagenden Menschenmenge umgiebt sie

das einsame Rauschen der Wipfel und der
Gesang der Vögel in den Zweigen. Wahrlich, es ist nicht schwer zu entscheiden,
wer es besser hat.

*　　*　　*

Wie bei bewölktem Himmel die Sonne
durch eine Wolkenlücke einen breiten Strahl
sendet und in der Ferne ein Stück grünes
Ackerland, eine Waldecke, einen bachdurch-
schlängelten Thalgrund leuchtend aus dem
Dämmer hervorhebt, so steht in meinem
Geiste die Erinnerung an eine auf dem Lande
verbrachte Kindheit. Es ist mir immer, als
habe zu jener Zeit die Sonne viel mehr ge-
schienen als jetzt, und als sei die Welt viel
lustiger gewesen. Und in all dem Sonnenschein sehe ich ein kleines zierliches Mädchen
mit dunklem Lockenhaar und schwarzen
Augen, wie sie sonst wohl nur in Märchen
vorkommen, und mir ist, als hätten auch
wir in einem Märchen gelebt, so dass ich
mich oft zurückwünsche in das verlorene

Wunderland, wohin es doch nimmer eine Rückkehr giebt.

Wie genau steht mir alles vor Augen, obgleich ich noch sehr jung war, als wir diesen Ort verliessen, um in die Stadt zu ziehen. Jeder Winkel im Hause ist mir noch vertraut und bekannt, ich könnte noch heute, nach dreissig Jahren, den Plan des grossen Gartens aufzeichnen und den Ort jedes Obstbaumes angeben, und was für Früchte er trug. Wie oft wandle ich jetzt im Geiste auf dem grünen Dorfkirchhofe zwischen den Gräbern und drücke mein Gesicht an die kalten Eisengitter, um mit geheimen Grauen in die Finsterniss der Grabkapellen zu starren, oder sitze auf dem alten hölzernen Glockenstuhl, um träumerisch ins weite Land und die blaue, märchenhafte Ferne zu schauen, und höre noch heut das Geschrille der tausend Schwalben, welche am Chor der alten Feldsteinkirche ihre Nester hatten. Es war die gute alte Zeit, die gute alte Zeit, von der die Menschen so viel träumen und reden, und die nichts weiter ist, als die Zeit der Jugend, da das Blut noch frisch durch die Adern rollt, die Zeit der Kindheit, da das Leben noch ein Märchen und die Welt voll lieblicher Wunder ist. In Hoffnung und Erinnerung wohnt das Glück. Wie ferne blaue Berge liegt die Zukunft vor uns und wir streben rastlos dorthin, wo wir erhoffen, das holde Wunder des Lebens zu ergründen und müssen uns begnügen, wenn wir weiter nichts finden, als rauhe wild bewachsene Felswände. Und schauen wir dann zurück, da liegt hinter uns in demselben sehnsuchtsvollen Blau das unwiederbringlich verlorene Land der Jugend.

AUSFAHREN!

Anders wird die Welt mit jedem Schritt,...

Mörike.

Ich habe den neuen Sammetkittel und die weissen Staatshosen an, ich bin ganz aussergewöhnlich gekämmt und gebürstet worden, der äussere Mensch ist in seinem höchsten Glanz und nur der innere erhält noch die nöthigen moralischen Bürstenstriche, bestehend in mütterlichen Auslassungen über den Werth der Tugend, Bescheidenheit und Höflichkeit und über den Unwerth solcher Lieblingsbeschäftigungen, welche nur zu sehr geeignet sind, grüne Grasflecken auf den Knieen, Löcher in den Ellbogen und nasse Füsse zu hinterlassen. Aber mein Ohr hört mehr auf das Knallen der Peitsche Johanns und auf das Scharren und Schnaufen der beiden kleinen Lithauer, Peter und Liese, welche vor dem leichten offenen Wagen bereits an der Thür des Pfarrhauses halten. Endlich sieht der Vater in das Zimmer und ruft: „Fertig!" Wir verabschieden uns von der Mutter, steigen auf den Wagen und fort geht es mit lustigem Peitschenknall über den Hof und durch die Strasse des Dorfes, wo die Dorfjungen, meine Gespielen, am Wege stehen und zur Begrüssung des Pfarrherrn die Mütze von den Flachshaaren ziehen, und die

kleinen Mädchen knixend zusammenschies-
sen, dass die Zöpfchen in die Höhe fliegen,
wo Ali, Wasser und Spitz, lauter biedere
Bauernhunde und persönliche Freunde von
mir, nach einander bellend gesprungen kommen und dem Wagen das Geleit geben.
Dann geht es durch weite wallende Kornfelder und die Ferne liegt blau dämmernd
und geheimnissvoll ringsum ausgebreitet,
dann durch den Wald, wo die Sonnenlichter
spielen und die Stämme so seltsam durcheinander schreiten, wenn wir vorüberfahren
und es so geheimnissvoll aus den Wipfeln
ruft, dann durch weiten Wiesengrund, in
welchem Reihen von Kopfweiden weithin
wandern, bis ein Bach die Einförmigkeit
durchbricht und zwischen erlenbesetzten
Ufern planlos hin und her schweift, um
dann wie in plötzlichem Entschlusse in
grossem Bogen gerade auf unseren Weg zu-
zukommen. Der Wagen rumpelt über eine
Brücke, die Strasse steigt wieder an, und
nun wird zur Seite in einer Thalsenkung
eine weite flimmernde Ebene sichtbar, die

am Horizonte dämmernd mit der Luft zusammenfliesst.

„Was ist das?" frage ich verwundert.

„Das ist die Ostsee," sagt mein Vater.

Aber ein kornbewachsener Hügel schiebt sich vor, und nun tauchen zwischen Obstbäumen rothe Dächer und ein spitzes Thürmchen auf, bald ist eine Mauer uns zur Seite, überragt von mächtigen Baumwipfeln, und plötzlich biegt der Wagen um die Ecke und fährt durch ein eisernes Gitterthor über knirschenden Kies um einen grossen Rasenplatz vor ein schönes weinberanktes Haus.

Ich weiss, dass ein stattlicher Mann und eine sehr schöne Dame uns dort begrüssten und dass ein kleines Mädchen von etwa acht Jahren neben ihnen stand, welches auf meine unerfahrenen Kinderaugen geradezu den Eindruck des Ueberirdischen machte. Diese Empfindung konnte dadurch nicht vermehrt werden, dass man sie mit dem märchenhaften Namen Jorinde anredete, das erschien mir eben so einfach als selbstverständlich. Ich muss wohl mein Staunen sehr sichtbar ausgedrückt haben, denn ich erinnere mich, dass die schöne Frau lachte und mir den Kopf streichelte. Dann erhielten wir, nachdem eine gemeinsame Erfrischung eingenommen war, jedes ein Stück Kuchen und die Anweisung in den Garten zu gehen. Als wir in einem der grossen Steige des Parkes neben einander gingen, konnte ich nicht ablassen sie zu betrachten. Sie hatte dunkles, dichtes Haar, das in leichten Löckchen über die Stirn fiel, und ein paar schwarze unergründliche Augen, die in einem eigenartigen verhaltenen Glanz leuchteten. Durch das dunkelrothe mit schwarzen Spitzen besetzte Seidenkleidchen ward die Weisse der zarten Haut schimmernd hervorgehoben, aber besonders bezauberte mich die leichte Zierlichkeit aller Bewegungen; es war, als würde sie von innen heraus getragen, so schwebend wandelte sie in den zierlichen Stiefelchen über die Erde dahin.

„Wie heisst Du?" fragte sie plötzlich.

„Ich heisse Christian!“ antwortete ich. Sie lachte. Es war ein kleines helles silbernes Lachen, das zugleich entzückte und verletzte.

„Wie ein Dorfjunge?“ sagte sie; „das ist kein hübscher Name!“ Ich hatte noch niemals darüber nachgedacht, allein jetzt war es mir plötzlich klar, dass es beschämend und überaus gewöhnlich von mir war, diesen Namen zu führen. Sie fuhr fort:

„Ich heisse eigentlich Josephine, aber meine Eltern nennen mich Jorinde, Du darfst auch so zu mir sagen.“ Ich empfand diese Erlaubniss als eine Vergünstigung, die mich hob und ehrte, aber eine unüberwindliche Blödigkeit hielt mich diesem reizenden Wesen gegenüber befangen, so dass ich nichts zu erwiedern wusste. Sie ging eine kleine Weile schweigend dahin und blickte auf ihre zierlich ausschreitenden Füsse.

„Warum hast Du so grosse Stiefel an?“ fragte sie plötzlich. Dies war nun eine ganz erschreckende Frage, welche ich gar nicht zu beantworten wusste, zumal mir in demselben Augenblicke klar einleuchtete, dass es ein Zeichen von niedriger Gesinnung sei, Stiefel zu tragen, welche eine vorsorgliche Mutter und ein weiser Schuster auf Zuwachs berechnet hatten.

„Wenn Du immer gar nichts sagst," fuhr sie fort, „das ist langweilig. Da wollen wir uns lieber haschen. Sieh zu, ob Du mich greifen kannst!" Und wie ein Vogel fliegt, so lief sie in den grünen dämmernden Laubengang hinaus. Laufen war trotz der grossen Stiefel meine starke Seite und so hatte ich sie bald eingeholt, allein unter der Hand entwischte sie mir auf einen Seitenweg und lief auf einen grossen runden Platz hinaus, in dessen Mitte eine mächtige Eiche stand. Mein Ehrgeiz war erwacht und nun ging um den Baum ein heftiges Jagen an, denn die Kleine war gewandt wie der Teufel. Sie drehte und wendete sich, dass die dunklen Locken und das seidene Röckchen im Winde flogen, sie schlüpfte mir unter dem Arme durch und umtanzte mich wie eine Elfe. Schliesslich trieb ich sie doch in die Enge, allein sie wartete es nicht ab, dass ich sie ergriff, sondern sprang mir freiwillig entgegen, lehnte sich athmend an meine Brust, und indem sie mit dem von der Anstrengung rosigen Gesichte zu mir aufblickte, sagte sie: „Du kannst gut laufen, sonst hättest Du mich nicht gekriegt, und hübsch bist Du auch, wenn Du auch nicht schön angezogen bist. Du hast schöne goldgelbe Haare, ich mag Dich leiden."

„Ich Dich auch!" sagte ich, indem ich ihr in die schwarzen Augen blickte. Sie nickte einfach mit dem Kopf, als wollte sie sagen: „Ja, das glaube ich wohl."

Dann gingen wir Hand in Hand weiter und plauderten zusammen, was Kinder reden. Sie erzählte von ihrem Pferdchen Falada und ihrem Papagei Tütchen, ich von unsrem Hunde Phylax und von meinen Kaninchen. So kamen wir an den Rand des Parkes, wo er von einem Wiesenbach begrenzt wurde. Dort war eine uralte Weide schräg gegen den Bach hinabgesunken, und wo sie ihre mächtigen Aeste aufragen liess, bildete sich zwischen denselben ein Raum, wo man wie in einem Zimmerchen sitzen konnte. Wir stiegen den schrägen Weg hinauf und nisteten uns dort ein. Unter uns, auf dem träge fliessenden Bach, blühten die weissen Wasserrosen, übertanzt von blauen Libellen, dahinter erstreckte sich weithin die sonnbeglänzte Wiese bis an den blaudämmernden Wald, aus welchem zuweilen der ferne Ruf eines Vogels hörbar ward. Sonst war Alles still, dass man das Schwirren der Libellenflügel, das Springen der kleinen Fische und das leise Gurgeln des Wassers vernehmen konnte. Jorinde hatte die Hände in den Schooss gelegt, sie sah mich an und fragte: „Was willst Du werden?“ Ich antwortete:

„Ich will ein Prediger werden, wie mein Vater.“

Sie schüttelte heftig das Köpfchen. „Nein, nein,“ rief sie, „das darfst Du nicht! Da musst Du immer schwarze Röcke tragen und ernsthafte Gesichter machen. Du sollst ein Husar werden, wie des Vaters Vetter. Der hat einen schönen blauen Rock mit

silbernen Schnüren und einen Schnurrbart
und so weisse Zähne. Er hat einen kleinen
Mantel mit Pelz besetzt und wenn er geht,
da klirren seine Sporen. Wenn Du Husar
wirst, da bekommst Du ein Pferd, einen
Fuchs oder einen Braunen, und da reiten
wir zusammen in den Wald, wie der Vetter
mit der Mutter. Ich möchte am liebsten
Kunstreiterin werden. Im vorigen Jahre
habe ich in der Stadt welche gesehen. Da
bekomme ich ein rothes, ganz kurzes Sei-
denkleid mit Gold gestickt und silberne
Schuhe und tanze auf dem Pferde, und
wenn ich es gut mache, da klatschen alle
die Leute, und alle die Husarenlieutenants
und werfen mir Blumensträusse zu!"

Mir erschienen diese Zukunftsbilder mär-
chenhaft verlockend, und obgleich ich weder
einen Husaren noch eine Kunstreiterin in
meinem Leben gesehen hatte, leuchtete mir
doch ein, dass schwerlich schönere Berufs-
arten ausgedacht werden konnten.

„Der Vetter ist hübsch," fuhr Jorinde
fort, „er ist immer gut gegen mich, er hat

mir Falada geschenkt. Ich mag den Vetter lieber leiden als den Vater, der ist immer strenge und ernsthaft, aber der Vetter ist lustig. Die Mutter hat ihn auch sehr gern." Dann sah sie mich mit den grossen Augen geheimnissvoll an und sprach: „Ich will Dir nur sagen — wenn sie zusammen sind und denken, es sieht Niemand, da küssen sie sich." Obgleich ich nicht einsehen konnte, warum zwei Menschen, die sich gern hatten, sich nicht küssen sollten, so gewann ich doch ein dunkles unbestimmtes Gefühl, dass in diesem Falle ein Geheimniss zu Grunde liege, das diese Dinge verbieten müsse.

Wir stiegen darnach von dem Baume wieder herunter und wanderten Hand in Hand weiter durch den Garten. Wir gelangten allmälig in den Theil desselben, der an die Wirthschaftsgebäude anstiess und die Obstbäume und Küchengewächse enthielt. Dort war die Sonne mächtiger, als unter den alten Bäumen des Parkes und lag brennend auf einer langen Scheunenwand, an welcher

Spalierbäume gezogen waren. Es war, als seien einige der Bäume mit Gold bewachsen, so leuchteten die reifen Aprikosen in dichter Fülle aus dem Grün. Als wir näher kamen, ging ein schlängelndes Rascheln durch das Gras, dass es mir kalt über den Rücken herablief.

„Was ist das?" fragte ich.

„Es sind nur die Schlangen!" sagte Jorinde gleichmüthig. Als sie bemerkte, dass das Ding mir unheimlich war, lachte sie und sagte: „Du bist doch wohl nicht bange? Sie stechen nicht!"

„Wie kommen sie denn in den Garten?" fragte ich. In diesem Augenblicke klapperte es plötzlich auf dem Strohdach der Scheune.

„Hörst Du wohl?" sagte Jorinde, „er meldet sich schon — der Storch hat sie hergebracht. Es darf ihnen Niemand etwas thun, der Vater hat's verboten." Sie ergriff meine Hand, zog mich nach sich, indem sie leise an dem Rande des Grasstreifens voranschlich und immer die Augen auf den Boden an der Spalierwand gerichtet hielt. Endlich

stand sie und zeigte mit dem Finger: „Siehst
Du, dort?“

Auf dem gekrümmten Stamm eines mächtigen Aprikosenbaumes lag eine grosse
Ringelnatter, die kleinen Augen waren auf
uns gerichtet und die gelben halbmond-
förmigen Flecke zu beiden Seiten des Kopfes
leuchteten wie Gold.

„Der Schlangenkönig!“ flüsterte sie.
Dann trat sie einen Schritt vor und winkte
mit ihrer zierlichen Hand: „Husch, geh
fort!“ sagte sie.

Das Thier glitt hinab in das Gras und
schlängelte sich raschelnd davon, man
sah an der Bewegung der Halme, wie es
sich in der Richtung auf den Teich hin
verlor.

Wir traten nun an den Aprikosenbaum
— ich muss gestehen, es geschah mit etwas
bänglichen Gefühlen, denn ich war in
grossem Respect gegen diese Thiere erzogen
worden.

„Nun sind sie alle fort,“ sagte Jorinde.
„Klopfe nun mal leise an den Stamm.“

Als ich dies schüchtern und zögernd
ausführte und davon ein neues, ängstliches
Wunder erwartete, geschah weiter nichts,
als dass eine Anzahl der überreifen Gold-
früchte raschelnd ins Gras rollte. Dieser
erfreuliche Anblick zerstreute den letzten
Rest von Aengstlichkeit in mir, wir sam-
melten die Aprikosen auf und begaben uns
auf eine schattige Bank, wo wir schmausten,
wie nur Kinder es vermögen. Dann hörten
wir in der Ferne unsere Namen rufen und
wir machten uns auf, in das Haus zurückzukehren. Der Garten stieg hier in Ter-
rassen nach dem Hause zu an und in den
Hauptsteig waren an solchen Stellen einige
Steinstufen eingeschaltet. Als wir an eine
dieser Treppen kamen, sprang Jorinde auf
die erste Stufe, stand vor mir und sagte:
„Nun bin ich gerade so gross als Du, nun
kannst Du mir einen Kuss geben." Dies
war nun ein beängstigendes Ansinnen, das
mich überaus verwirrte, aber da es mir
wiederum unmöglich erschien, den Willen
dieser kleinen Zauberin nicht zu erfüllen,

so fasste ich mir ein Herz und berührte
flüchtig ihre Lippen mit den meinen. Sie
schüttelte den Kopf, dass die Locken flogen,
„Das ist nichts, das ist gar nichts, das ist
nicht ordentlich!" rief sie, fiel mir mit beiden Armen um den Hals und küsste mich
herzhaft. Dann lachte sie hell auf, hüpfte
die Stufen hinauf und flog den Steig entlang wie ein Sommervogel, und als ich schon
die Empfindung hatte, nun würde sie durch
die Zweige gehen und gegen den blauen
Sommerhimmel fliegen, da stand sie oben
und winkte und rief: „Der Vetter ist da!"
Als ich ihr nachgeeilt war, sah ich in dem
Laubengange eine Gesellschaft lustwandeln,
bestehend aus meinem Vater, den Eltern
Jorindens und einem schönen jungen Mann
in der Uniform der blauen Husaren, der
auf mich vollständig den Eindruck des
Prinzen aus dem Märchenlande machte.
Wir kehrten gemeinsam in das Haus zurück,
unser Wagen stand bereits vor der Thür,
wir verabschiedeten uns und fuhren davon.
Jorinde nickte und lächelte mir zu, ich sehe

sie noch heute, die zierliche behende Gestalt, wie sie auf dem breiten Postament
neben der Treppe frei und lieblich da-
stand, der Traum und das Märchen meiner
Kindheit.

IN DIE HIMBEEREN.

> Waldeinsamkeit,
> Die mich erfreut, . . .
>   Tieck.

Es war ein Jahr vergangen, da fuhr ein
geschlossener Wagen vor unsere Thür, darin
sass Niemand weiter als Jorinde. Sie war
einfacher gekleidet als damals, das aber
that ihrer holdseligen Erscheinung keinen
Abbruch. Sie sollte eine Weile bei uns
bleiben, weshalb, erfuhr ich nicht; ich bemerkte nur, dass meine Eltern zuweilen
heimlich miteinander flüsterten und die
Leute das fremde schöne Kind mit so besonderen Augen ansahen und dass unsere
alte Trina einmal bei solcher Gelegenheit

seufzte und sagte: „Ach, das Unglück — das arme Kind!" Ich machte mir auch weiter kein Kopfzerbrechen darüber, die Thatsache genügte mir, dass sie da war, und ich in meiner Einsamkeit eine Spielgefährtin hatte. Glückliche Tage! Es waren Ferien, mein Hauslehrer war in die Heimath gereist, und die Welt und die Zeit gehörten uns ohne Abstrich. Aus dieser Periode ist mir wiederum ein Tag leuchtend in der Erinnerung geblieben. Es war die Zeit, da die wilden Himbeeren reif waren und weil in einem benachbarten Walde deren eine Unmenge wuchsen, so wurden eines Tages Trina und Stina, unsere Mädchen, zu einer Expedition in das Himbeerland ausgerüstet und wir, jedes mit einem Körbchen versehen, erhielten die Erlaubniss, sie zu begleiten. Wir brachen schon am Vormittag auf, Johann fuhr uns bis an den Wald und kehrte dann zurück. Wir wanderten auf einem Fusssteig durch die Buchenwaldung und kamen nach einiger Zeit an den Ort unserer Bestimmung, eine Lichtung,

auf welcher nur einzelne grosse Bäume
verstreut standen. Sonst war der Boden
mit Gras und Waldblumen, mit aufstreben-
dem Gebüsch und jungem Baumwuchs bedeckt. Dazwischen, in kleinen Wäldchen
bei einander, standen im Schatten des Busch-
werks ungezählte Himbeersträuche, ganz
mit den reifen rothen Früchten übersät.
Wir erwiesen anfangs einen grossen Eifer,
unsere kleinen Körbe zu füllen, allein bald
erschien uns das Essen an dieser reich be-
setzten Waldestafel anmuthiger als das
Arbeiten, und als auch dies allmälig seinen
Reiz verlor, liefen wir umher und jagten
die Schmetterlinge. Ich sehe noch deutlich vor mir die weisse behende Gestalt,
wie sie so hurtig durch das hohe Gras
dahinlief, dass die schwarzen Locken flogen
und die dunkelrothen Bänder an dem
leichten Sommerhut hoch aufflatterten. Dann
setzte sie sich an einen sonnigen Abhang,
wo der Thymian blühte, die Libellen in der
Luft tanzten und die Eidechsen bei unserem
Nahen hinwegraschelten, unter den Schatten

eines Nussbusches. Ich holte Blumen herbei
und sie besteckte ihren Hut damit und
flocht sie in ihre Haare. Die blühenden
Ranken des Jelängerjeliebers schlang sie
sich um den Leib und um den oberen Rand
des ausgeschnittenen Kleides steckte sie
Glockenblumen und wusste die zarten Ris-
pen des Zittergrases dazwischen zierlich zu
verwenden, so dass sie wie ein duftiger
Spitzenbesatz darüber standen. Unterdess
war es Mittagszeit geworden — wir hörten
die Klänge der Dorfglocke über die Wipfel
kommen — und kehrten zu den beiden
Mädchen zurück. Als diese Jorinde in
ihrem Märchenschmuck ankommen sahen,
ging etwas wie staunende Verwunderung
über ihre Gesichter und ich sah, wie die
Jüngere Trina anstiess und hörte, wie sie
sagte: „Wie das Kind aussieht — wie 'ne
Prinzessin!"

Nun wurde der Esskober ausgepackt
und alle die schönen Dinge, welche die
Mutter für uns eingelegt hatte, kamen zum
Vorschein. Nach dem Essen musste Trina

Geschichten erzählen, hundertmal gehörte Märchen und Sagen, die doch immer wieder neu waren: wie die Unterirdischen Hochzeit feierten und dergleichen, dann die schöne Geschichte vom König Rumpetrumpen und der Prinzessin Kläterpott; jetzt freilich, meinte sie, gäbe es keine Unterirdischen mehr, denn der alte Fritz habe sie vertrieben.

„In Pritzin," erzählte sie weiter, „war einmal ein Knecht, zu dem kam des Nachts die Mahr und drückte ihn, so dass er grosse Angst ausstand und nachher in Schweiss gebadet aufwachte. Da hat er endlich auf Rath einer weisen Frau alle Löcher in der Kammer bis auf ein einziges Astloch verstopft und seinen Mitknecht, der in derselben Kammer schlief, gebeten, wenn wieder die Nachtmahr über ihn käme, dann solle er einen Holzpflock nehmen und das Astloch damit verstopfen. Um Mitternacht ist es gewesen, als wenn eine Katze am Bette hinaufklettert, und alsbald hat es den Knecht bedrückt und geängstigt, dass er

jämmerlich gestöhnt hat. Der Andere aber
ist leise aufgestanden und hat das Astloch
mit dem Pflock verstopft. Am andern
Morgen haben sie ein schönes Mädchen
hinter dem Ofen gefunden, das hat der
Knecht geheirathet und im Laufe der Zeit
zwei Kinder mit ihm bekommen. Sie hat
ihm aber oft in den Ohren gelegen, er
möge ihr doch einmal das Astloch zeigen,
zu dem sie hereingekommen sei, er hat
aber immer widerstanden. Endlich hat er
sich doch dazu bewegen lassen und den
Pflock herausgezogen. Da hat sie gerufen:
„O, wie läuten die Glocken in Engelland!“
und ist verschwunden. Aber des Sonntags Morgens ist sie immer wieder gekommen und hat ihre Kinder gewaschen
und gekämmt und ihnen reine Wäsche
angezogen.“

Jorinde sah mit grossen Augen vor sich
nin: „Meine Mutter ist auch in England!“
sagte sie plötzlich.

Die alte Trina erschrak sichtlich und
rief: „Kind, was redest Du? Deine

Mutter ist doch zu ihrer Tante gereist in Pommern!"

Jorinde nickte ein paar Mal mit dem Kopfe, als wollte sie sagen: „Das weiss ich besser!" Aber sie sagte nichts weiter. Die beiden Mädchen flüsterten miteinander und schüttelten die Köpfe, endlich fuhr Trina fort zu erzählen. Aber es war ein warmer Sommertag, und als die Alte in ihrer eintönigen Weise ihre Geschichte hersagte, da wurde zuerst Stina müde und legte den Kopf in das Gras und schlief ein, und auch Trina, welche den ganzen Vormittag den alten Rücken zu den Himbeeren niedergebückt hatte, überkam die Sommermüdigkeit, sie gähnte, ihre Geschichten wurden immer verworrener und zuletzt sank sie mitten in dem schönen Märchen vom „Vogel Fenus" nach der anderen Seite und fing an, erklecklich zu schnarchen.

Jorinde sah mich auffordernd an, wir standen leise auf und schlichen uns fort, „Wir wollen uns verstecken!" sagte sie „die sollen lange suchen, bis sie uns finden."

Wir konnten uns aber für keinen Platz entscheiden und verloren uns immer weiter gegen den Rand der Lichtung, wo im Grunde ein kleiner Bach dahinging. Unterwegs legte Jorinde geheimnissvoll den Zeigefinger an den Mund und sagte: „Meine Mutter ist doch in England. Sie glauben, ich weiss das nicht, aber ich habe es wohl gehört, wie sie mit einander flüsterten. Sie ist mit dem Vetter fort, und der Vater ist ihnen nachgereist. In der Nacht, ehe sie fort war, wachte ich auf, denn meine Mutter lag mit dem Gesicht auf meinem Kopfkissen und weinte. Da fragte ich sie: „Mutter, warum weinst Du so sehr!“ Nun schluchzte sie aber noch viel mehr und küsste mich so heftig, dass ich rief: „Mutter, Mutter, Du thust mir weh!“ Da drückte sie beide Hände vor’s Gesicht und die Thränen liefen ihr zwischen den Fingern hervor, und so ging sie zur Thür hinaus. Mein Kopfkissen war ganz nass geweint!“

Unterdess waren wir an den Bach gekommen, der mit leisem Gurgeln durch seine

grünen Ufer floss. Die Blumen, mit welchen
Jorinde sich geschmückt hatte, waren welk
geworden und liessen die Köpfe hängen.
„Sie sind nicht mehr schön!" sagte sie und
warf sie nacheinander in das Wasser, das
sie eilend davontrug.

„Mein Vater hat mir erzählt," sagte ich,
„Wenn dieser Bach weiterfliesst, dann wird
er immer grösser und nachher ist es derselbe, welcher an Eurem Garten in Schattin
vorüberfliesst."

„Ach, da schwimmen meine Blumen alle
nach Hause!" rief sie, lief hin und pflückte
Händevoll Glockenblumen und warf sie ins
Wasser. „Ihr sollt Falada grüssen und
Tütchen und die alte Brigitte!"

Hernach fanden wir einen Baumstamm,
der als eine Brücke über den Bach lag und
gingen an das andere Ufer. Dort stieg ein
mit uralten Buchen bewachsener Abhang
empor, und uns trieb die Neugier, zu sehen,
was wohl hinter diesem Berge sei. Als wir
in dem weichen Laub dahinschreitend die
Höhe erreicht hatten, senkte sich der Boden

wieder zum Grunde und durch die Stämme schimmerte es hell, als sei der Wald dort zu Ende. Es war aber eine grosse Wiese, welche wir dort fanden, rings von mächtig ragenden Buchen umstanden. Einige aufgescheuchte Rehe gingen raschelnd durch das welke Laub davon und ihre Sprünge verschallten allmälig in der Ferne. Bald war es ein seltener bunter Schmetterling, dem wir durch das weiche Gras nachjagten, bald zog uns wieder die Kühle des Waldes in ein Seitenthal, wo ein Eichhörnchen uns weiterlockte. Rings war sommerliche Stille, nur der Pirol rief unermüdlich aus den Wipfeln. Nun gelangten wir an einen dichten Fichtenbestand und entdeckten einen Dohnensteig, der darin ausgehauen war. Hier war es todtenstill in der grünen Dämmerung; wir schritten durch die langen Gänge, auf dem mit abgefallenen Nadeln bedeckten Boden fast lautlos dahin und einmal scheuchten wir eine Eule auf, welche uns fast in's Gesicht flog und dann mit lautlosem Fluge dahinschwebte. Es war, als seien wir in einen Irrgarten gerathen, denn immer, wenn vor uns ein hellerer grüner Schein einen Ausgang anzukünden schien, bog, wenn wir dahin kamen, ein neuer Gang ab, an dessen Ende derselbe helle Schimmer war. Einmal, als wir wieder um eine solche Ecke kamen, stand mitten in dem neuen Gange ein mächtiger Hirsch und schaute uns mit hocherhobenem Geweih aufmerksam an. Dann senkte er ruhig das Haupt und verschwand zwischen den Fichten, wir hörten, wie er langsam durch die trockenen Zweige brach.

Jorinde stand still und sah mich an. „Fürchtest Du Dich?" fragte sie.

„Ich fürchte mich nicht!" sagte ich.

„Es ist hier so einsam und dunkel!"

„Es wird bald zu Ende sein."

Wir schritten wieder vorwärts und ich sollte Recht behalten, denn plötzlich ward es ganz licht zwischen den Zweigen und die Fichtenwaldung hörte auf. Vor uns senkte sich ein mit Erlen und dichtem Unterholz bedecktes Bruchland hinab; Alles war einsam und unbekannt. Mir fiel es mit einem Mal auf die Seele, dass wir gar nicht mehr wussten, wo wir uns befanden.

„Wir müssen umkehren!" sagte ich.

Wir gingen am Rande des Fichtengehölzes wieder zurück, bis wir an eine Stelle kamen, die ich von vorhin zu erkennen glaubte. Als wir eine Strecke in den Buchenwald hineingegangen waren, ward es wieder heller zwischen den Stämmen und wir eilten, in der Meinung, es sei die Wiese, fröhlich darauf hin. Als wir aber aus dem Walde traten, sahen wir, dass es eine Kuhweide war, welche sich als ein Theil des umliegenden Feldes buchtartig in den Wald hineinerstreckte. Es wuchsen dort unzählige Stiefmütterchen, welche uns mit Tausenden von kleinen Gesichtern anblickten. Wir gingen am Rande des Waldes dahin, und als wir an die nächste Ecke kamen, sahen wir weite wallende Kornfelder vor uns liegen, grüne Wiesen im Grunde und fern zwischen Obstbäumen ein Dorf mit rothen Ziegeldächern und einem spitzen Kirchthurm, dessen Knopf in der Sonne blitzte. Jetzt kamen Glockentöne durch die Luft geschwommen, die Uhr schlug drei.

Wir fanden einen Fusssteig, der wieder in den Wald hineinführte und versuchten auf ihm unser Heil. Aber so weit wir auch liefen, es blieb Alles fremd. Ich fing an zu rufen: „Trina! Trina!“ Meine Stimme verhallte zwischen den mächtigen Buchenstämmen, allein die Antwort blieb aus. Wir gingen weiter und weiter, doch da wir beide müde waren, setzten wir uns an einem sonnigen Abhange ins Gras.

„Wir haben uns verirrt!“ sagte ich.

„Was werden wir nun thun?“ fragte Jorinde.

Mir ging allerlei durch den Sinn, was ich in Büchern über eine solche Lage gelesen hatte. Man schlief in solchen Situationen gewöhnlich aus Furcht vor wilden Thieren auf einem Baume, was allerdings wenig Verlockendes hatte. Oder man bemerkte, wenn es dunkel wurde, in der Ferne ein Licht, aber es waren selten sehr angenebme Leute, zu deren Behausung man durch dieses Licht verlockt wurde.

„Wir werden uns ausruhen und dann werden wir versuchen, den Bach wiederzufinden!" sagte ich, haben wir den erst, dann weiss ich den Weg!"

„Ach, ich bin so müde!" sagte Jorinde. Sie nahm ihren Hut ab und legte ihren Kopf in meinen Schooss. Dann gingen ihre Augenlider mit den langen dunklen Wimpern ein paar Mal müde auf und nieder, zuletzt hoben sie sich nicht mehr. Sie schlief sanft. Die Mücken kamen mit feinem Summen und tanzten um das rosige Gesicht; ich nahm eine Grasrispe und verscheuchte sie. Aber au dem sonnigen Abhang summte und schwirrte es so schläfrig, durch die Wipfel ging ein leises sanftes Rauschen, allmählig sank ich gegen den Abhang zurück und entschlief ebenfalls.

Ich fuhr plötzlich erschreckt aus dem Schlafe empor. Im Ohre lag mir der Klang meines eigenen Namens. Ich horchte auf, da kam es wieder langgezogen und ängstlich: „Christian!“

Von meiner hastigen Bewegung war auch Jorinde erwacht. „Trina!“ rief ich nun so laut ich konnte. Wir sprangen auf und eilten dem Orte zu, wo ich die Stimme gehört hatte. Kaum waren wir den Abhang emporgestiegen, da sahen wir den Bach im Grunde und die Lichtung vor uns liegen, nur zwanzig Schritte waren wir von ihr getrennt. Trina und Stina strebten mit hochrothen Gesichtern durch das niedere Buschwerk und waren sicher froh, unserer wieder habhaft zu sein.

Wie sind mir doch alle diese kleinen unbedeutenden Erlebnisse so unverlöschlich ins Gedächtniss gegraben, und wenn ich sie mir zurückrufe mitten im Rauschen und dem Gewühl der Weltstadt, die mich jetzt umgiebt, da wird mir waldfroh und sonnig zu Muthe, und es weht mich an wie ein würziger Duft aus einsamen Gründen des sommerlichen Waldes.

NACH JAHREN.

Sei mir gegrüsst, du ewiges Meer,
Wie Sprache der Heimath rauscht
mir dein Wasser,...
Heine.

Bald nach jenem Ausflug kehrte Jorinde nach Schattin zurück, und ich sah sie nicht wieder. Im folgenden Winter wurde mein Vater nach der Stadt versetzt, ein anderes Leben umgab mich, ich gewann zahlreiche Gefährten, schloss Freund- und Feindschaften und bald lag der Kindheitsaufenthalt auf dem Lande wie eine stille Märcheninsel hinter mir, indess ich mit frischem Muthe in das unbekannte Meer hinausfuhr. Die Schulzeit ging vorüber, und die Studien begannen. Nach Ablegung meines Doctorexamens ging ich in ein kleines Bad an der Ostsee zu meiner Erholung und betrieb dieselbe sehr gründlich; zur Abwechslung streifte ich weit in der Gegend umher.

Eines Tages wanderte ich planlos am Ufer der Ostsee entlang. Es war ein klarer Sommertag und ein frischer Seewind trieb

die Wellen rastlos rauschend an's Ufer.
Es marschirt sich nirgends besser, als auf
dem glatten festen von den Wogen bespül-
ten Ufersand, unter dem belebenden Anhauch des mit zersprühtem Seewasser erfüllten Windes. Ich war ganz von dem Gefühle meiner Gesundheit und Lebenskraft
erfüllt, und ich betrug mich so närrisch,
wie es von einem gebildeten Europäer, der
zuweilen das Bedürfniss fühlt, sich von dem
steifen Zwange der Gesellschaft zu erholen,.
nur irgend verlangt werden kann. Ich jagte
den zurückschwimmenden Wellen nach und
entfloh, wenn die nächste sich überstürzend
an der glatten Sandfläche emporleckte. Ich
sprach mit lauter Stimme Verse in das
Sausen und Brausen hinein, ich sprang von
Stein zu Stein, bis ich mitten in dem bran-
denden Gischt der Wogen stand, riss meinen Hut ab und grüsste ein fernes Dampf-
schiff, das mit langem Rauchstreif am dämmernden Horizonte sich zeigte, und dessen
Besatzung keine Ahnung haben konnte von
dem winzigen Pünktchen in der Schöpfung,

das hier im fliegenden Wellenschaum auf einem Steinchen hopste.

So gelangte ich weiter und weiter und kam endlich an einen Ort, wo das hohe, steile, mit Buschwerk bewachsene Ufer hinter mir gleichsam ein Kap bildete, und ich das Meer weit und unbegrenzt vor mir hatte. In breiten, riesenlangen Kolonnen zogen die Wogen auf mich her und erstarben zu meinen Füssen. Mir kam ein Name in den Sinn und schwebte mir bei all dem Rauschen und Brausen in den Ohren, ein Name, der eine gleiche Grösse und Majestät in sich schloss. Ich fand eine glatte Fläche, welche die Wellen nicht erreichten, und dort schrieb ich in den vergänglichen Sand:

„Beethoven!"

Es war ein einsamer Fleck, wo ich mich befand, das flache Vorland wurde durch das steile Ufer von der Welt abgeschlossen, zu beiden Seiten zog sich, weiss und vom Wogenschaum berändert, in welligen Linien der helle Strand zurück, das Uebrige war Luft und unendliches Wasser, und doch

war mir plötzlich, als hörte ich ein silberhelles Lachen. War es eine Nixe, die,
Schaum auf dem Haupte, hinter einem Steine
lauschte? Ich schaute mich um, meine
Augen schweiften an dem grünbewachsenen
Abhang empor — flatterte da oben nicht
ein Kleid gegen den blauen Himmel, aber
schon war es verschwunden. Ich glaubte
mich getäuscht zu haben und schritt weiter.
Bald fand ich ein verlockendes Plätzchen
am Uferabhang, wo ich mich zwischen Wei-
den in's Gras lagerte und träumend in das
ruhelose Meer hinausblickte. Nach einer
Weile machte ich mich auf den Rückweg.
Als ich an die Stelle kam, wo ich vorhin
den Namen in den Sand geschrieben hatte,
setzte mich eine seltsame Thatsache in Verwunderung, denn das Wort war mit einer
Linie in Form eines Herzens umrahmt. also:

und neben meinen Spuren zeigten sich die Abdrücke von zierlichen schmalen Füssen im Sande. Ich schaute mich verwundert um, ich glaubte wirklich im ersten Augenblick, es müsse nun gleich ein lachendes Nixenantlitz neben einem der wellenbesprühten Steine hervorschauen. Dann betrachtete ich die Spuren genauer. Sie führten einmal her und einmal wieder zurück und leiteten schräge auf den Uferabhang zu. Als ich sie weiter verfolgte entdeckte ich eine Art Fusssteig, welcher seitwärts zwischen den Weidenbüschen hinaufführte, und indem ich den oberen Rand des Abhanges mit den Augen verfolgte, war mir plötzlich, als sähe ich hinter dem Buschwerk ein paar schmale rothe Bänder hervorflattern, aber wie ein Blitz war es vorüber. Eilends stieg ich den Abhang hinauf und fand, dass dieser Fusssteig durch ein kleines niederes Feldgehölz führte, aber kein lebendes Wesen war ringsum zu erblicken. Ich schritt in das Buschwerk hinein, immer in der Hoffnung, bei einer neuen Wendung

des Weges des räthselhaften Wesens ansichtig zu werden, allein, es war vergeblich.
Zuletzt gelangte ich auf eine breite, mit
Hecken eingefasste Landstrasse, in welche
der Fusssteig einmündete. Diese Strasse
machte weiterhin eine kleine Biegung land-
einwärts und führte auf ein Dorf zu, das
im Grunde lag und mit seinen Dächern
aus weitläufigen Baumpflanzungen hervor-
schaute. Als ich von meinem etwas er-
höhten Standpunkt aus den Weg entlang
spähte, gewahrte ich hinter der Biegung
durch eine Heckenlücke eine helle weibliche
Gestalt, welche sich leicht und eilig fort-
bewegte; an dem Sommerstrohhut flatterten
zwei rothe Bänder im Winde. Unterdess
ich nun auf der Strasse weiterschritt, verlor ich sie aus den Augen, und als ich die
Biegung erreichte, war sie verschwunden.
Ich war noch in den Jahren, da man Lust
an Abenteuern hat und ging weiter. Nach
einer Weile bog zur Seite ein Fussweg ab
und führte über das Feld zu einer Pforte,
welche in einer von Bäumen überragten

Mauer angebracht war. Die Landstrasse war leer, so weit ich sehen konnte, und die Erscheinung konnte nur diesen Pfad gewählt haben. Als ich nun meine Augen umherschweifen und sie immer wieder auf dieser Thür verweilen liess, war mir, als öffne sie sich ein wenig und liesse etwas Helles in der Oeffnung gewahren, wie wenn Jemand dort hervorluge, aber gleich war es wieder fort. Kurz entschlossen schritt ich auf die Pforte zu. Sie war alt und verfallen und knarrte kreischend in den Angeln, als ich sie vorsichtig öffnete.

Ein grosser verwilderter Obst- und Gemüsegarten lag vor mir. Das Unkraut wucherte auf den Beeten, und auf den alten schlecht gepflegten Bäumen wuchs graues Moos. Ich schritt weiter auf dem mit Gras bedeckten Steige und bald sah ich im Schein der Sonne eine lange Scheunenwand vor mir liegen, an welcher Spalierbäume gezogen waren. Auch diese waren nicht gepflegt, wildes Holz war an ihnen hervorgeschossen und nur wenige verkümmerte

Früchte hingen daran. An der Mauer entlang lief ein breiter trockner Grasplatz, der
einen mit Weidengebüsch eingefassten Teich
umschloss. Mich überkam das sonderbare
traumhafte Gefühl, als habe ich dies Alles
schon einmal erlebt. Als ich näher kam,
ging ein schlängelndes Rascheln durch das
Gras, dass es mir kalt den Rücken hinab-
lief, und in diesem Augenblick klapperte
auf dem Dach der Scheune ein Storch.
Mich durchzuckte es wie ein elektrischer
Schlag — hier hatte ich damals mit Jorinde
gestanden — ich befand mich in Schattin.
Aber kaum war mir dies zum Bewusstsein
gekommen, da ertönte eine harte Stimme
hinter mir: „Sie da, was wollen Sie hier
in meinem Garten?“

Ein Mann in einer abgetragenen Joppe,
dessen rothes Gesicht mit schwarzem strup-
pigem Bart umgeben und von einem ver-
blichenen Jägerhut beschattet war, stand
hinter mir und blickte mich mit finstern,
tiefliegenden Augen an. Ich war Anfangs
etwas verwirrt, allein ich fasste mich und

sagte sehr höflich: „Habe ich die Ehre, Herrn Wendelin vor mir zu sehen?"

„Wenn Sie mich sprechen wollen," erwiederte der Andere barsch, „warum kommen Sie hinten herum und nicht durch die Hausthür, wie es sich gehört?"

Es war also wirklich Jorindens Vater, der vor mir stand. „Ich bin der Sohn Ihres alten Freundes Riedberg," sagte ich, „und bitte Sie, zu verzeihen, dass ich mich auf so ungehörige Art hier eingeführt habe."

Seine Züge wurden freundlicher. „Ihr Vater war ein Ehrenmann," erwiederte er; „seien Sie mir willkommen, es freut mich, Sie zu sehen." Diess Alles aber kam so schroff und hart heraus, als sagte er eigentlich das Gegentheil. Dann gab er mir die Hand und forderte mich kurz auf, ihm ins Haus zu folgen. Wir gingen den Steig entlang, welchen ich schon kannte, wir stiegen die verfallenen Treppen der Terrasse hinauf, wir schritten durch den dämmrigen Lindengang, ohne dass der Alte ein Wort sagte. Er führte mich in ein mit Jagdgeräthen,

Hirschgeweihen und ähnlichen Gegenständen ausstaffirtes Zimmer und zog heftig an einer Glockenschnur. Eine alte Frau erschien in der Thür, er deutete, ohne ein Wort zu sagen, mit dem Daumen auf mich, dann auf einen Tisch, der vor einem alten Ledersopha stand, und die Alte verschwand. Wir setzten uns Beide, Herr Wendelin sah finster brütend vor sich hin. „Auch Theologe?" fragte er dann plötzlich. Ich erzählte ihm, dass ich Mediziner sei und soeben mein Doctorexamen bestanden habe.

„So?" sagte er und fuhr nach einer Weile fort: „Der Eine zieht seine Nahrung aus der Schlechtigkeit, der Andere aus der Dummheit, der Dritte aus der Krankheit seiner Mitmenschen. Sie saugen Alle Einer am Andern, wer es am besten kann, der wird am fettesten."

Ich in meiner jungen Begeisterung für den von mir gewählten Beruf, fand mich durch eine solche Bemerkung verletzt und suchte ihm meine hohe Anschauung von dem Berufe eines Arztes darzustellen.

Er lächelte, es war ein sonderbares ge-
kniffenes Lächeln. „Nun gut,“ sagte er,
„Sie haben noch junge Flügel, aber sie
werden Ihnen die Federn schon ausrupfen,
eine nach der andern. Sie sehen die Welt
noch, wie sie sein sollte. Es ist etwas
Schönes um die Illusionen. Es giebt ja
Leute, die blind und glücklich durch das
Leben wandeln und, wenn sie scheiden
müssen, sagen, es war eine gute Welt. Das
sind Nachtwandelnde, die, ohne angerufen zu
werden, den Weg in ihr schönes warmes
Bett zurückfinden und nicht wissen, dass
sie über Abgründe gewandelt sind.“

Er hatte etwas Wildes und Hartes in
seiner Art zu sprechen; er war aufgesprungen
und ging im Zimmer umher. Dann blieb
er stehen vor einer Gruppe ausgestopfter
Thiere, lachte seltsam in sich hinein und
fuhr fort: „Wenn Sie wissen wollen, wie
das Leben ist, hier können Sie es sehen —
ich habe es mir naturgetreu ausstopfen
lassen!“

Ich stand auf und betrachtete die Gruppe,

welche allerdings mit grosser Kunst zusammengestellt war. Ein Laufkäfer, im Begriff, einen kleineren Käfer zu fressen, ward von einem Sperling ergriffen, welchem wiederum bereits ein Sperber im Nacken sass. Den Sperber hatte ein Wiesel an der Kehle, in dessen Weichen gleichzeitig ein Fuchs die weissen Zähne einschlug.

„So sieht's aus!" rief Herr Wendelin mit unheimlichem Lachen, „Einer frisst den Andern, der Grosse den Kleinen!" Damit riss er ein Gewehr von der Wand. „Wir können es noch vollständiger machen!" rief er, indem er auf den Fuchs anlegte, „und nun denken Sie sich noch hinter mir eine dunkle grausige Schicksalsgestalt, bereit, ihre Krallen in mein Genick zu schlagen, dann haben wir es fertig!"

Mich ergriff ein Schauder über die rücksichtslose Wildheit, mit welcher diese Dinge vorgebracht wurden; war dieser Mann nicht gestörten Geistes? In diesem Augenblicke hörte man draussen ein Geräusch. Herr Wendelin hing ruhig, als sei nichts geschehen, das Gewehr an die Wand, und eine Magd trat ein, welche den Tisch deckte. Dann wurden Speisen und Wein aufgetragen, und wir setzten uns zum Essen nieder.

„Sie werden Rheinwein vorziehen," sagte er, „ich halte mich gern an Kräftigeres." Als ich bejahte, schenkte er mir ein und füllte für sich ein grosses Glas mit Portwein. Dabei zitterte seine Hand so, dass ein Theil des Getränkes verschüttet wurde.

Ich that den ausgezeichneten Dingen, mit welchen die Tafel besetzt war, bei meinem durch die Seeluft geschärften Appetit alle Ehre an, allein Herr Wendelin ass sehr wenig, beschäftigte sich dagegen desto mehr mit seinem starken Wein. Als er sein Glas zum zweiten Mal gefüllt hatte, sagte er: „Vergessen können und blind sein, das ist die Kunst des Lebens, junger Mann. Ich wollte, ich könnte das Eine und wäre das Andere. Weh Dem, der nicht vergessen kann, oder Dem, der zu scharfe Augen hat. Ich weiss, Sie glauben nicht, was ich sage, Sie gehen hoffnungsreich, mit pochendem

Herzen in das blühende Leben hinaus und erwarten blaue Wunderdinge. Aber wer sagt Ihnen, dass Ihr Herz nicht morgen schon in die grosse Maschinerie geräth und zermalmt und todtgedrückt wird?" Er presste die Hand auf seine Brust, sah mich starr mit den finstern Augen an und fuhr fort: „Es pocht hier noch immer, allein es ist nicht wahr, es ist Alles todt. Es ist nur die Blutpumpe, die noch geht. Es ist nur ein Holzwurm, der in dem abgestorbenen Stamm taktmässig pickt."

Dann versank er in brütendes Nachdenken, nur von Zeit zu Zeit trank er oder schenkte sich wieder ein. Es war ganz still im Zimmer, nur dass die Fliegen summten, und zuweilen sein Glas klirrte, wenn er mit seiner zittrenden Hand damit gegen die Flasche stiess.

Dann strich er mit der Hand über die Stirn, schaute mich verwirrt an und sagte: „Ich habe da wohl allerlei tolles Zeug erzählt, das gar nicht in die lustige Welt passt, welche die Ihrige ist. Ja, das Leben ist wie ein Butterbrot, wohl Dem, der auf der Butterseite sich befindet. Wir wollen anstossen darauf, junger Mann!" Die Gläser klangen aneinander, er erhob sich schwerfällig und sagte: „Ich will Sie zu meiner Tochter bringen, Sie kennen sie ja von früher her. Und wenn Sie hier bleiben wollen," fuhr er im Gehen fort, „soll es mir angenehm sein. Baden können Sie hier eben so gut. Pferde stehen Ihnen jederzeit zur Verfügung, und wollen Sie jagen — es giebt keinen besseren Wildstand in der Gegend. Wenn Sie dann zuweilen ein Glas Wein mit mir trinken wollen, so ist das Alles was ich von Ihnen erbitte."

Der Alte war ausnehmend weich geworden, sein ganzes Wesen erschien mir gegen sein erstes Auftreten wie gebrochen. Hatte er mir damals Grauen eingeflösst, so war jetzt tiefes Mitleid an die Stelle getreten. Ich willigte ein, meinen Aufenthalt nach Schattin zu verlegen und folgte ihm zu seiner Tochter.

Wir fanden Jorinde auf einer Veranda

nach dem Garten zu, wo sie sich in einem
Schaukelstuhl wiegte und die Spitzen ihrer
zierlichen Füsse betrachtete. Neben ihr auf
dem Tische lag ein Strohhut mit rothen Bän-
dern. Herr Wendelin stellte mich vor. Sie
erhob sich und reichte mir die schmale weisse
Hand; ein listiger Blick des Wiedererkennens
von der Begegnung am Meeresstrande streifte
meine Augen. Als ihr Vater sich wieder
in sein Zimmer zurückbegeben und wir uns
beide gesetzt hatten, sagte sie: „Es ist hübsch,
dass Sie hier bleiben, denn es ist hier über
alle Maassen langweilig. Reiten Sie?“

Ich bejahte es.

„Das ist gut,“ sagte sie, „da werden
wir zusammen ausreiten.“ Dann sah sie
mich schalkhaft an und fragte: „Heissen
Sie noch immer Christian?“

„Nennt man Sie noch immer Jorinde?“
fragte ich zurück.

„Eigentlich nicht mehr, aber Sie dürfen
mich so nennen, wenn Sie wollen.“

„Wir waren einmal sehr gute Freunde,“
sagte ich dann.

„Wir können es ja auch bleiben,“ antwortete sie mit einem eigenthümlichen Blick aus ihren schwarzen leuchtenden Augen. Wir standen auf und wanderten in dem verwilderten Garten umher. Sie ging mir zur Seite wie einstmals und sie übte den alten Zauber auf mich aus, nur war er noch vertieft und verstärkt durch das, was den Mann zum Weibe zieht. Sie klagte mir ihr Leid über das einsame öde Leben, das sie führte: „Niemals sehen wir Besuch,“ sagte sie, „niemals besuchen wir Andere. Ich langweile mich entsetzlich. Ich liege im Schaukelstuhl oder in der Hängematte und lese Romane — französische, denn die deutschen sind langweilig, ich gehe spazieren, ich reite aus, aber immer allein, und ich bin keine gute Gesellschaft für mich. Wenn ich manchmal an unserer Grenze mit meinem Pferde auf der Höhe halte und in die Ferne hinaussehe, ach, da möchte ich gleich auf und davon reiten in die weite Welt hinaus und niemals wiederkommen.“

JORINDE.

Gleich einem Vogel leicht im Tanze,
Ein Dämon und ein Engelsbild.
Alfred de Musset.

Ich versenke den Blick in das grüne Laub der Bäume, welche vor meinem Fenster stehen und rufe in meine Gedanken zurück jene Zeit, welche nun folgte. Ich sehe die schlanke elastische Mädchengestalt auf dem milchweissen Schimmel neben mir reiten durch den grünsonnigen Wald und höre noch ihr silberhelles Lachen von den Wipfeln widerhallen; ich sehe sie neben mir im kurzen Jagdkleide, das die feinen, in hohe Stiefelchen geschnürten Füsse freilässt, das leichte Jagdgewehr im Arme, über das Feld streifen; ich sitze neben ihr in dem engen Jagdwagen und kutschire durch Wälder und Felder unter Sonnenschein und Lerchengesang. Kein Auge achtet auf uns, wenn wir stundenlang allein in Wald und Feld

und an dem einsamen Meeresstrande umherschweifen, kein Ohr lauscht auf das,
was wir lachend miteinander schwatzen, und
so wird es Niemand gewahr, dass unsere
Hände sich lieber und lieber begegnen, dass
unsere Schultern immer häufiger an einander
ruhen, dass plötzlich die scherzende Unterhaltung stockt und von tiefen Athemzügen
unterbrochen wird, dass dieselben Augen, die
sich eben noch kaum von einander zu trennen
vermochten, im nächsten Augenblick träumerisch in die Ferne starren, als sei es nicht
hier, sondern dort, was sie suchen.

Es war an einem heissen Sommertage,
wir waren durch den Garten gewandelt und
wollten in die Kühle des Hauses zurückkehren.
Wir gingen den Terrassenweg hinauf, und
als wir eine der Treppen emporstiegen, stand
Jorinde mit einem Male eine Stufe höher
vor mir und schaute mich seltsam an.
Unsere Gesichter waren jetzt auf gleicher
Höhe und ich fühlte es, dass ihr in diesem
Augenblick dieselbe Erinnerung durch den
Sinn ging wie mir

„Wissen Sie noch, was an dieser Stelle einst geschehen ist?" fragte ich.

Sie antwortete nicht, aber ihre Augen sprachen: ja.

„Was war, kann wiederum geschehen!" sagte ich leise.

Sie antwortete wiederum nicht, aber ihre Augen wichen nicht von den meinen und ich sah, wie unter dem leichten hellen Kleide ihr Busen sich hob und senkte.

Ich legte leicht den Arm um ihren schlanken Leib und küsste sie auf den Mund. Sie aber warf stürmisch die Arme um meinen Hals, der junge Busen lag dicht an dem meinen und ihre Lippen fest auf meinem Mund. Dann riss sie sich los und eilte davon. Auf der Höhe der zweiten Treppe warf sie den Kopf nach mir zurück und eilte seitwärts in den Park hinaus. Ich folgte eilig der schlanken fliehenden Gestalt und wir jagten uns wieder wie einstmals um die Eiche, allein ihr Bestreben, mich zu meiden, war wohl geringer als ihre Gewandtheit, denn bald lag sie mir wie von selber im

Arm und that für ihre Flucht gar lieblich Busse. Wir waren wieder wie die Kinder, wir suchten die alte Weide auf, wo wir damals gewesen waren, gingen den schrägen Stamm hinauf und sassen dort eng aneinander verborgen im grünen Laub und trieben allerlei verliebte Thorheit. Unter uns gurgelte wieder leise der Bach, über den weissen Wasserrosen tanzten die blauen Libellen und über die sonnbeglänzte Wiese flogen in der Luft sich jagend verliebte Schmetterlinge.

Endlich kam einige Vernunft bei mir wieder zum Durchbruch und ich sagte: „Heute noch werde ich zu Deinem Vater gehen und ihn um Deine Hand bitten."

Es ging etwas wie Kälte und Verwunderung über ihr Gesicht, offenbar hatte sie daran gar nicht gedacht. „Ach nein," sagte sie dann schmeichelnd, „thu das noch nicht, bitte, nicht! Lass uns dies Geheimniss noch für uns behalten. Wer weiss, ob der Vater in seiner unberechenbaren Laune uns nicht Hindernisse in den Weg legt. Wir sind ja noch so jung." Dann schüttelte sie ihre Locken, legte sich in meinen Arm und sah verführerisch lächelnd wie eine Nixe zu mir empor.

Die Zeit meines Aufenthaltes in Schattin war nur noch kurz bemessen, denn ich war verpflichtet, acht Tage nach diesem Ereignisse mich nach Berlin zu begeben, woselbst ich die Stellung eines Assistenten in einem Krankenhause übernommen hatte. Diese acht Tage leuchten als echte Perlen an der Schnur meiner Lebenstage, und doch, trotz allen Glückes, durchschauerte mich damals oft eine Empfindung, die ich nicht zu beherrschen vermochte. Mich erschreckte fast bei diesem schlanken schmiegsamen Mädchen die hingebende Gluth, welche so seltsam gemischt war mit einer fremdartigen Kälte, diese gefährliche Vereinigung von heissem Blute und kühlem Verstande. Freilich damals waren diese Vorstellungen nur dunkel und verschwommen und kamen mir kaum zum Bewusstsein, denn die lachenden Augen und der blühende Mund scheuchten sie immer wieder zurück.

Einmal sassen wir verloren im Korn-
felde an einem kleinen Teich, ringsum
rauschte und wogte sanft die weite Einsamkeit schwerreifer Weizenhalme. Ich
hatte das Gespräch auf die Zukunft gelenkt,
auf meine Hoffnungen und Pläne und ent-
warf ein Bild unseres zukünftigen Lebens,
wie ich es mir dachte, wenn sie als zierliche Hausfrau waltete in einem niedlichen
Häuschen im Grünen, und dergleichen
Träume mehr. Sie sah hinaus in die weissen
Sommerwolken und zerflückte eine Korn-
blume zwischen den Fingern.

Als ich geendet hatte, schüttelte sie
ein wenig den Kopf und sagte: „Das ist
noch lange hin."

Fast immer, wenn ich wieder von unserer Zukunft reden wollte, schloss sie mir
lachend den Mund mit Küssen und liess
mich nicht zu Worte kommen.

Die Zeit lief mit Riesenschritten dahin
und der Tag des Abschieds war da. Der
alte Herr Wendelin hatte sich wenig um
mich bekümmert, nun musste ich ihm noch

einmal in seinem alten Rheinwein Bescheid
thun, aber er war still und schweigsam
dabei. Ich hatte mir vorgenommen, bei
dieser Gelegenheit ihn von meinem Verhältniss zu seiner Tochter in Kenntniss zu
setzen, allein ich fand seinem finsteren, brü-
tenden Schweigen gegenüber nicht den Muth
dazu und verschob es auf spätere Zeit.

Als ich am andern Morgen in der Frühe
an dem Garten vorbeifuhr und an jene
Stelle kam, wo ich in der gestrigen Mond-
nacht Abschied von Jorinde genommen hatte,
stand sie unter dem weittragenden Linden-
baume und winkte mit den weissen Händen mir zu. Ich schaute zurück, bis der
Wagen auf der Höhe war und immer noch
sah ich im Schatten der Linde die schlanke
helle Gestalt. Und als der Wagen an der
andern Seite des Hügels hinabfuhr, war es
mir, als versänke hinter mir die selige Insel
meiner Jugend.

NACHSPIEL.

Er ist der alte freigeborne Vogel nicht,
Er hat schon Jemand angehört.
                              Goethe.

Ich habe diese Blätter geschrieben in der
Erinnerung an Ereignisse, welche, so gering
sie auch sein mögen, doch gar anmuthig mir
vor Augen stehen. Wenn auch mir selber nur
alles dies hold und erwähnungswerth erschien,
so war der Zweifel doch nicht ausgeschlossen,
ob es gerathen sei, diese harmlosen Dinge
hinauszugeben in eine Welt, welche an so viel
stärkere Accorde gewöhnt ist. Doch es mag
mich trösten, dass selbst der eingefleischte
Grossstädter aus dem Geräusch des brausen-
den Lebens hinweg in die grüne Sommerein-
samkeit flüchtet, um auf dem Rücken im Grase
zu liegen. Und wer es liebt, aus dem Drange
des Lebens und der Geschäfte heraus seinen
Blick zuweilen in das sanfte Grün der Bäume
zu versenken und dem anspruchlosen Gesang
des Rothkehlchens zuzuhören, der wird vielleicht auch nicht ohne Befriedigung seine
Blicke über diese Blätter gleiten lassen.

Nur wenig bleibt mir noch zu erzählen. Zwischen Schattin und Berlin gingen die Briefe hin und her. Jorindens Briefe waren wie gaukelnde Schmetterlinge. Aber als es gegen den Herbst ging, wo die Schmetterlinge seltener werden, da wurden auch die Briefe seltener und zuletzt kam einer, welcher der letzte war.

Sie hat später einen ältern in der Umgegend begüterten Baron geheirathet, welcher bei einer Gelegenheit mit seinen Kenneraugen die seltene Erscheinung entdeckte. Sie leben im Winter in Berlin und Jorinde ist noch immer eine schöne Frau. Auf der Fahrt zu meinen Patienten begegne ich ihr oft, allein sie kennt mich nicht mehr, denn ich habe mich im Laufe der Zeit sehr verändert. Wenn ich nach solcher Fahrt in mein grünberanktes Häuschen zurückkehre, da begrüsst mich eine blonde, freundliche Hausfrau und blühende Kinder springen mir entgegen, welche die meinen sind und welchen die Zukunft so voll blauer Wunder ist, wie einst mir.

DIE SCHLEPPE.

REICHTHUM
IST KEINE SCHANDE ...

duard Holding war soeben als ein neuer Mensch aus der Hand seines Schneiders hervorgegangen. Nun sind wohl wenige über alle menschliche Eitelkeit so erhaben, dass die Gewissheit, ein wohlgekleidetes Mitglied der menschlichen Gesellschaft zu sein, nicht eine angenehme Wärme in ihrem Innern verbreitete, und so fühlte auch Holding eine Art sonniger Behaglichkeit von diesem Bewusstsein ausgehen. Zudem hatte er bei Hiller ausgezeichnet zu Mittag gegessen und vorzüglichen Wein dazu getrunken und sass nun im Kaiserhof in einer abgeschlossenen Ecke des Cafés, von dem aufmerksamen Kellner, der seine Gewohnheiten kannte, bereits mit seinen Lieblingsjournalen versorgt, vor einer Tasse „Schwarzen“, blies den Rauch einer vortrefflichen Havanna vor sich hin und schaute, ehe er sich in die Zeitungen vertiefte, noch ein Weilchen in die Luft und dachte an nichts. Es giebt Momente rein körperlichen Behagens, wo Sorgen und Wünsche schlafen und der Mensch das Dasein einer Pflanze führt, welche in der Stille der Luft mit allen Blättern den warmen Sonnenschein trinkt.

In dem Moment, als er die Augen wieder senkte und im Begriff war, eine Zeitung zu ergreifen, fiel sein Blick auf einen jungen Mann, der soeben gekommen war und ihn eine kurze Weile stillschweigend beobachtet hatte.

„Sieh da, Siebold,“ sagte Holding erfreut, indem er mit auffordernder Handbewegung einen Stuhl zurechtrückte. Der andere setzte sich ohne weiteres, kreuzte die Beine, gab dem Kellner seinen Auftrag, fuhr sich durch das Haar, trommelte mit den Fingern auf dem Tisch, wippte mit dem Fuss auf und ab, alles mit einer unruhigen, nervösen Geschwindigkeit und fragte dann plötzlich: „Woran dachtest Du eben, Theuerster?“

Holding that einen tiefen Zug aus seiner Cigarre, und indem er behaglich in den ausgeblasenen Rauch sah, antwortete er: „Ich dachte an gar nichts, mein Lieber.“

Siebold hatte eine silberne Bleistifthülse aus der Tasche geholt und wirbelte sie zwischen seinen Fingern: „Glückspilz,“ sagte er, „wenn ich das nur einmal könnte! Ich grolle mit dem Schicksal über die ungerechte Vertheilung der irdischen Güter.“ Er machte eine Pause und rührte heftig in seinem Kaffee, der eben gekommen war. Dann fuhr er fort: „Ist das nicht ungerecht: mir ist ein unwiderstehlicher Hang zum Luxus angeboren und die Natur hat mich arm auf die Welt gesetzt; Dir gab sie reichliche Güter in die Wiege, und Du hast keinen Bedarf, der über das Mittelmässige hinausgeht. Ich hege den Verdacht, dass Du jährlich von Deinen Einkünften eine grössere Summe zurücklegst. Gestehe!"

Holding lächelte. „Ich kann allerdings nicht alles bewältigen," sagte er.

„Du hast vielleicht keine Ahnung," rief Siebold, „dass dies ein grosses Unrecht ist! Wer durch das Schicksal der Geburt so gestellt ist wie Du, der hat auch Pflichten zu erfüllen, und eine der ersten ist, dass er seine Einnahmen in würdiger Weise wieder unter die Leute bringt. Das nenne ich zur Vermehrung des Nationalwohlstandes beitragen. Und wenn er auch nur seine Mittel verwendet, um die Hundezucht zu fördern, so will ich ihn schon verehren. Meine Neigung würde dies allerdings nicht sein. Ich würde mir vor allen Dingen ein Haus bauen, ein Haus, so behaglich, wohnlich und schön, wie es nur irgend zu erreichen ist. Die Pläne sind fast fertig, Sonntags Nachmittags arbeite ich an diesem Traumbild. Dies Haus würde die schönsten Geräthe enthalten, welche zu finden sind, und die Zimmer würde ich ausschmücken, ein jegliches nach seinem Charakter, aber alle so, dass die Harmonie der Farben und Formen wie eine sanfte Musik in ihnen ist. Ich würde Künstler beschäftigen, die mir schöne Geräthe arbeiten und herrliche Bilder malen sollten, und würde kein Mittel scheuen, dasjenige in ihnen zu fördern und anzuregen, welches ich als das Gute und Edle erkenne. Ich würde eine offene Hand haben für die Unterstützung aller Bestrebungen, welche dahin gerichtet sind, das Schöne und Zweckvolle zu fördern und zu beschützen, damit es zur Vernichtung des Hässlichen und Unverständigen beitrage, damit in unserem Lande die alte Kunstfertigkeit wieder erwache, welche vor dem dreissigjährigen Kriege so verbreitet war, dass selbst in den kleinen Städten Goldschmiedemeister sassen, deren Kunstfertigkeit von unseren ersten Künstlern noch nicht wieder erreicht, geschweige denn übertroffen worden ist. Dies würde ich thun

— allein wenn Du Dich mit allem Eifer auf die künstliche Fischzucht werfen willst, oder Deine Mittel auf die Kultivirung eines wüsten Landstriches, meinetwegen in der Lüneburger Haide, verwenden willst, so habe ich gar nichts dagegen. Aber, verzeihe mir, dies behagliche in den Tag Hineinschlendern, das ist eine Vergeudung von Mitteln und Kräften, welche der Welt zu gute kommen sollten."

Holding schien nicht viel von dieser Moralpredigt berührt zu werden; er schaukelte sich ein wenig auf den hinteren Beinen seines Stuhles und blies von Zeit zu Zeit einen vollendet schönen Rauchring in die Luft. Dann holte er eine Cigarrenspitze hervor, welche aus einem mächtigen Stück hellgelben, gewölkten Bernsteins gearbeitet war und widmete sich weiter dem Rest seiner Cigarre. Als Siebold schwieg, sagte er: „Vor drei Jahren habe ich einmal sechs Monate hindurch mir eine Cigarrenspitzensammlung angelegt, wie wäre das, wenn ich die Sache ins Grosse triebe und zur

Hebung der Bernstein- und Meerschaum-Industrie ein Cigarrenspitzen-Museum anlegte."

Siebold rückte ihm näher: „Du spottest noch," rief er, „mir ist es heiliger Ernst. Ich kenne diese abscheuliche Sammlung wohl. Ich erinnere mich, dass Monumente dabei waren, welche der starke Mann aus dem Circus nicht mit den Zähnen hätte halten können. Auf der einen war Renz dargestellt mit sechs Hengsten, welche alle auf den Hinterbeinen standen, und dergleichen Ungeheuerlichkeiten mehr. Ich habe Dich niemals mehr bejammert als damals. Nichts ist schmerzlicher für mich als dergleichen zu sehen, — Verschwendung von künstlerischer Kraft auf Undinge. Mit denselben Mitteln und in derselben Zeit hätten edle und herrliche Werke gebildet werden können, leuchtend für immer. Aber ich predige Dir vergebens, ich bin der einzige, welcher Dir die Wahrheit sagt, und in Deinen Ohren ist es Rauch. Das ist der Fluch des Reichthums, dass er die Thatkraft lähmt und müheloses Gelingen schafft.

Du weisst nicht und ahnst nicht, wie unser
einer seine Arme rühren und den Punkt
erkämpfen muss, wo er steht, und die Rücksicht, die man ihm gewährt. Er muss geduldig dienen, oder wenn ihm die Natur
Waffen gegeben hat, so muss er sie brauchen. Du dagegen gehst einher in dem
goldnen Glorienschein, welchen die mühelos
ererbten Dukaten von Dir ausstrahlen, und
dieser angenehme Schimmer erzeugt einen
Abglanz freundlichen Lächelns, wohin Du
Dich wendest. Er öffnet Dir verschlossene
Thüren und lässt die Blicke der Mädchen
wohlwollend auf Dir ruhen, denn ihre stillen
Träume von köstlichen Kleidern, von einem
prächtigen Wagen mit zwei Bedienten und
von einer Loge im Opernhaus gewinnen in
dem goldnen Glanze, der von Dir ausstrahlt,
ein neues Leben. Wenn Du ein kleines
kümmerliches Wortspiel machst, so ist es
ein Witz, und die Welt lächelt bereitwillig,
Deine Talente finden Beachtung, man lauscht
Deinen Worten. Du kannst unendliche
Dummheiten begehen, eh' es Dir verdacht

wird, und was man bei andern Liederlichkeit nennt, wird bei Dir durch den goldnen Schimmer zu verzeihlichem Jugendübermuth verklärt. Hast Du wohl einmal nachgedacht, ein wie grosser Theil der Beachtung die man Dir schenkt, und der Freundlichkeit, mit welcher man Dir begegnet, auf die Rechnung dieses goldnen Hintergrundes zu setzen ist, und hast Du wohl einmal eine Berechnung angestellt, wie viele von Deinen guten Freunden wohl die Probe bestehen würden, Dich plötzlich arm und ohne Mittel zu sehen? Ich für mein Theil glaube, dass in diesem Falle der Kreis dieser Edlen sich ausserordentlich verringern würde."

Holding war allmählich das Blut ins Gesicht gestiegen; die Bürste seines Freundes erschien ihm doch ein wenig scharf. „Du machst einen starken Gebrauch," sagte er, „von unserem Kontrakt, uns gegenseitig nichts übel zu nehmen. Ich sitze hier schliesslich vor Dir wie ein armer leinener Geldsack, den man nur schätzt seines Inhaltes wegen. Ich weiss, Du bist eine sarkastische Natur und schaust die Welt durch scharfe Gläser an, denn was Du von meinen Freunden und Bekannten sagst, geht doch wohl zu weit. Ich glaube, in dieser Hinsicht spricht eine gewisse Verbitterung aus Dir."

Siebold rückte näher an den Tisch und trommelte heftig mit den Fingern: „O nein, nein, theurer Freund," rief er, „das kommt nur auf eine Probe an. Ich will mich selber öffentlich in den Zeitungen als den grössten Simplicissimus dieses Erdtheils bekannt machen, wenn das Resultat nicht zu meinen Gunsten ausfällt."

„Wie meinst Du das? fragte Holding verwundert.

Siebold rückte noch näher an den Tisch und sprach, indem er scheinbar die Streichholzbüchse anredete: „Du könntest ja zum Beispiel Dein Vermögen einmal versuchsweise verlieren. Plötzlich. Morgen früh vielleicht. Morgen Abend gehst Du ja in die Gesellschaft zum Geheimrath Isenberg, wo fast der ganze Bekanntenkreis sich zusammenfindet; ich bringe die Geschichte von dem Verluste Deines Vermögens vorher unter die Leute — na, nachher, da werden wir ja sehen."

„Hm," sagte Holding, „was würdest Du vorschlagen, soll ich es ins Wasser werfen, soll ich Fidibusse davon machen, oder soll ich es dem armen Bettler schenken, der auf die Mildthätigkeit der Menschen mit einem Leierkasten spekulirt, der nur noch anderthalb Töne hat?"

„Ich verspreche mir am meisten Vergnügen," sagte Siebold, „vom in die Grabbel werfen. Aber Scherz bei Seite, Du hast mich wohl verstanden. Du fingirst diesen Verlust und ich will schon dafür sorgen, dass es unter die Leute kommt. Was meinst Du zu diesem Vorschlag? Rückgängig ist die Sache leicht wieder gemacht. Am andern Morgen wird es für einen Irrthum erklärt. und die Sache ist in Ordnung."

„Es widersteht mir eigentlich," sagte Holding, „und doch reizt es mich, diesen Versuch zu machen. Schon um die Verkehrtheit Deiner Anschauungen klar

darzulegen, fühle ich mich dazu veranlasst."

Nach einigem Hin- und Widerreden wurde
dann wirklich beschlossen, die Sache in der
vorgeschlagenen Weise zur Ausführung zu
bringen, und nachdem die Freunde verab-
redet hatten, nach der Gesellschaft sich in
der Weinhandlung von Joseph Engels in
der Potsdamer Strasse zu treffen, trennten
sie sich.

... UND ARMUTH MACHT NICHT GLÜCKLICH.

Siebold hatte am anderen Tage seine Angelegenheit so geschickt als möglich betrie-
ben. Er war vor dem Beginn der Gesellschaft zu Herrn Tütenpieper gegangen, einem
älteren Junggesellen, welcher den Glanz und
Ruhm seines Daseins darin suchte, in seinem Kreise der erste Verbreiter von Neuig-
keiten zu sein, der seine Reden am liebsten
anfing mit der Wendung: „Wissen Sie schon

das Allerneueste?“ und mit unermüdlicher Schnüffelnase bemüht war, diesen Ruhm aufrecht zu erhalten und kein grösseres Vergnügen kannte, als in der Weise eines Feinschmeckers so ein kleines Skandälchen bis auf das intimste durchzukosten. Nachdem Siebold ganz beiläufig die grosse Sensationsnachricht mitgetheilt und gleichzeitig versichert hatte, dieselbe sei noch vollständig unbekannt, weidete er sich noch eine Weile an Tütenpiepers Aufregung und Unruhe, denn dieser Herr erachtete jetzt jede Minute für nutzlos und verloren, welche er mit dieser Kunde im Leibe unthätig in seiner Behausung verbrachte. Endlich verabschiedete sich Siebold und, indem er seine Wohnung aufsuchte, erfreute er seinen Geist damit, sich den braven Herrn Tütenpieper vorzustellen, wie er, strahlend im Glanze dieser ungeheuren Neuigkeit, den Mittelpunkt der Isenberg’schen Gesellschaft bildete, wie er, umdrängt von dem Kreise der Neugierigen, achselzuckend mit den kleinen grünen Aeuglein zwinkerte, wie sein semmelblondes

Gesicht und seine spitze Nase bald hier bald dort auftauchten und ein befriedigter Schimmer der Wichtigkeit und Unentbehrlichkeit von ihnen ausging, und wie er schmunzelnd lächelte gleich einem Mephisto aus Semmelteig.

In später Abendstunde begab sich Siebold an den verabredeten Ort. Er brauchte nicht lange auf seinen Freund zu warten, denn schon kurz vor elf Uhr hörte er ihn vor dem Eingange des kleinen Hinterzimmers Rauenthaler bestellen mit dem Zusatz: „aber schnell." Dann trat er ein. Er versuchte zu lächeln, allein es gelang ihm nicht besonders; es war ein Lächeln von jener verkümmerten und trübseligen Sorte, die schon im Entstehen einfriert und nicht an sich selber glaubt. Als er an dem grossen runden Tisch auf dem schwarzen Ledersopha sass, stierte er eine Weile vor sich hin, und da ihm sodann einfiel, dass Siebold jedenfalls eine Aeusserung von ihm erwarte, tastete er nach dessen Hand, welche auf dem Sopha lag und klopfte sie eine Weile, indem er wahrscheinlich dadurch ausdrücken wollte:

„Warte nur, warte nur, es wird schon kommen!"

Nachdem er sodann zwei Gläser Wein rasch hinabgestürzt hatte, legte er sich zurück in die Sophaecke und sagte mit dem Ausdruck der tiefsten Ueberzeugung: „Siebold, Du bist ein Scheusal!"

Nach einer Pause fuhr er fort: „Du hast grausam an mir gehandelt, Du hast den Nachtwandelnden angerufen, der am Rande des Abgrundes sorglos einhergeht, so dass er im Erwachen mit schauderndem Blick die Tiefen bemerkte, welche neben ihm sich öffneten, Du hast mit einem starken Ruck mir den Glauben an die Menschheit aus dem Herzen gerissen, und die Stelle ist nun leer und brennt. — Aber ich bin Dir dankbar — ich möchte Dich erdrosseln, aber ich bin Dir dankbar. — Ueber alle Begriffe dankbar!" wiederholte er noch einmal und stierte dabei in die Luft mit der Miene eines auf einer einsamen Insel Ausgesetzten, der die letzte Spur eines vorüberfahrenden Schiffes am Horizont verschwinden sieht.

Siebold fühlte eine Regung von Mitleid in seinem Herzen, allein er schwieg.

„Bist Du schon jemals Luft gewesen?" fuhr Holding fort, „hast Du schon jemals Augen auf Dir ruhen sehen, bei deren Blick Du das Gefühl hattest, sie betrachteten durch Dich hindurch Jemanden, der hinter Dir steht? Du siehst Dich unwillkürlich um, es ist aber niemand da. Mit solchen abwesenden Augen haben Leute mich heute angesehen und haben mit mir gesprochen, als hätten sie eine Maschine im Innern, welche das Nothwendigste besorgte. Und alle hatten sie einen Drang von mir loszukommen, als befürchteten sie eine Ansteckung. Ich hatte das Gefühl, als sei eine Kraft von mir genommen, die mich früher hob und trug und siegreich machte."

„Es ging Dir wie Simson," bemerkte Siebold, „als sie ihm das lange Haar abgeschnitten hatten und er plötzlich fühlte, dass seine Muskeln Butter und seine Knochen Wachs waren."

„Ja, wie Simson," wiederholte Holding, „sie hatten ihm das Goldhaar abgeschnitten."

Nach einer Weile fuhr er fort: „Ich bin auch gutmüthigen Augen begegnet, welche mit einem Ausdruck von Mitleid auf mir ruhten, allein es waren wenige und ihr Eindruck ward wieder aufgehoben durch andere, in welchen eine versteckte Schadenfreude lauerte — es waren meist Freunde, lieber Siebold, welche allen meinen Launen sich am nachgiebigsten gezeigt haben, welche stets bereit waren, meinen Ruhm mir ins Gesicht zu verkündigen."

In diesem Augenblick veränderte Siebold seine Lage auf dem alten Glanzledersopha, und es entstand durch einen Zufall ein knarrendes Geräusch, wie wenn ein Seidenstoff zerreisst. Holding fuhr nervös zusammen. „Dieser furchtbare Ton," rief er, „er bringt mich auf das entscheidende Ereigniss des heutigen Abends. Antonie war auch da. Jetzt, da alles vorbei ist, darf ich Dir es wohl gestehen, dass ich mich zuweilen mit dem Gedanken getragen habe, mein Schicksal mit dem ihren zu verbinden. Es war ein schmeichelndes Traumbild für mich, diese vielumworbene Schönheit und Herrscherin der Gesellschaft mein eigen nennen zu dürfen und an ihrer Seite ein vielbeneidetes Leben zu führen. Sie zeichnete mich sichtlich aus und begünstigte meine Hoffnungen, wie Du wohl schon selber bemerkt haben wirst. Heute Abend kam sie später als gewöhnlich. Ich sah sie in den Saal treten, und kaum hatten die Wirthe sie begrüsst, so bemerkte ich Herrn Tütenpieper, der schmunzelnd und händereibend sich näherte, um seine Mission zu erfüllen. Sie erblasste sichtlich, allein schnell fand sie ihre Fassung wieder; der Schwarm der Verehrer näherte sich allmählich, und sie stand bald in einer lebhaft plaudernden Gruppe, aus welcher zuweilen verstohlene Seitenblicke zu mir herüberflogen.

„Später sah ich sie durch den Saal gehen. Wahrlich eine königliche Gestalt. Kleine rundliche Figuren erhalten durch den nachfolgenden Schleppenschweif etwas possenhaft

putziges, allein einer solchen hoheitsvollen
Schönheit kommt es zu wie ein natürlicher
Ausklang. Die Zaghaftigkeit, welche bereits
über mich gekommen war, liess es mich
nicht wagen sie aufzusuchen, allein im Verlauf der Zeit kam es von selber, dass ich
plötzlich vor ihr stand und mit ihr sprach,
ich weiss nicht mehr was. Sie hatte ein
Lächeln für mich, ein Lächeln, wie wenn
die Sonne auf einer blanken Eisfläche glänzt,
und ich merkte aus ihrem ganzen Wesen
die innere Furcht, ich möchte Rechte gel-
tend machen wollen, welche aus ihrem frü-
heren Benehmen gegen mich ich wohl hätte
ableiten können. Das Gespräch dauerte
nicht lange. Sie nahm die Gelegenheit
wahr, sich einem andern zuzuwenden, und
auch ich wurde von einem Freunde ange-
redet, welchem ich verwirrte Antworten gab.
Und dann, wie es kam, vermag ich nicht
zu sagen, fühlte ich plötzlich einen Zug an
meinen Füssen, ich hörte ein verhängniss-
volles Krachen von reissenden Näthen, ich
taumelte erschreckt zurück von der Schleppe,

auf welche ich in meiner Verwirrung nicht geachtet hatte, und in demselben Moment sah ich ihr Antlitz mir zugewendet, mit jenem Ausdruck, welcher den Frauen für einen solchen Augenblick zu Gebote steht. Ein Medusenhaupt, lieber Siebold — ein Medusenhaupt! Ich begehre es nimmer wiederzusehen. Ich muss noch viel Wein trinken, um es aus meiner Erinnerung zu scheuchen. Sie rauschte stolz durch den Saal in ein Nebenzimmer und ich verlor mich, sobald es anging, aus einer Gesellschaft, in welche ich niemals zurückzukehren wünsche."

„Am Ausgang traf ich Tütenpieper, der jedenfalls seine herrliche Sensationsnachricht heute Abend noch weiter vertreiben wollte. Er belästigte mich mit einigen höflichen Redensarten und liess durch alles, was er sprach, einen beleidigenden Ton freundschaftlicher Theilnahme durchschimmern, wozu er einen Mund machte wie ein luftschnappender Karpfen. Du weisst, ich habe ihn nie geliebt, allein heute Abend fühlte ich etwas von den grausamen Regungen eines Indianers in mir, der seinen Feind langsam an einem Pfahl brät und ihm dazu kleine Hölzchen unter die Fingernägel treibt. Ich weiss, dass er an seinen Füssen mehr Hühneraugen als Zehen hat, und da ich nun einmal schon heute Abend mit Ungeschicklichkeiten in der Uebung war, so benutzte ich die Gelegenheit und setzte ihm beim Abschied aus Versehen meinen Fuss mit der ganzen Wucht meines Körpers auf den seinigen. Ich weiss, es war kleinlich, es war ordinär, es war meiner nicht würdig, aber der Schrei, welchen er ausstiess, war Balsam in meinen Ohren, und als er sodann kläglich die Strasse entlang davonhumpelte, schaute ich ihm nach mit einem Gefühle innerlicher Befriedigung, das meinem Herzen äusserst wohlthat."

Er lehnte sich in die Sophaecke zurück, und schwieg eine Weile. Sodann richtete er sich wieder auf und fuhr fort: „der heutige Abend ist ein Wendepunkt meines Lebens. Wie es werden soll ist mir unbekannt, ich weiss nur, dass es anders werden wird. Doch jetzt vor allen Dingen gilt es zu vergessen. Dieser Abend gehört dem Rauenthaler!" Und er bestellte eine neue Flasche.

Als die Gläser frisch gefüllt waren, ergriff Siebold das seinige und sprach: „Der Reichthum gleicht der Sonne, die Beides, Segen und Unsegen in gleicher Weise spendet, welche sowohl den befruchtenden Regen als den zerstörenden Orkan über die Erde sendet. Schon unsre ältesten Vorfahren waren sich der dämonischen Macht des Goldes bewusst, und in unserem nationalen Epos geht alles Unheil, aller Fluch vom Schatz der Nibelungen aus. Die Kraft dieses Dämons in segensreiche Bahn zu lenken, theurer Freund, lass von jetzt ab Deine Sorge sein!" Die Gläser klangen mit hellem Ton aneinander.

WANDEL.

Der nächste Morgen brachte Holding das Kopfweh einer durchschwärmten Nacht und das volle Bewusstsein seiner trübseligen Lage. Hinter ihm war die Brücke unwiderruflich abgebrochen und vor sich sah er ein wüstes unwirthliches Land, in welchem Weg und Steg ihm unbekannt war. Aber er fühlte keine Reue. Er wollte die ganzen Folgen des einmal gewagten Schrittes tragen und hatte Siebold gebeten den Widerruf einstweilen nicht stattfinden zu lassen. Das Gerücht musste sich, Dank Tütenpieper, mit rasender Geschwindigkeit verbreitet haben, denn den ganzen Morgen ward er überlaufen von bleichen Schustern, zitternden Schneidern, aufgeregten Friseuren, polternden Pferdevermiethern und ähnlichen Gläubigern, welche ihren Antheil aus dem Schiffbruch zu bergen trachteten und ihre Rechnungen einreichten. Er bezahlte sie alle und machte sich gegen Mittag fort, um die Einsamkeit des Thiergartens aufzusuchen.

Es war ein Märztag, klar und schön und voll Frühlingsahnung, wie sie dieser Monat zuweilen darbietet, wenn er in seiner Gebelaune ist. Die Sonne sendet unbehindert ihre Strahlen durch die entlaubten Wipfel und hebt den sanften grünlichen Schimmer hervor, der die knospenden Zweige des Unterholzes wie ein zarter Hauch umgiebt. Der Frühlingsruf der Meisen und der schmetternde Schlag der Buchfinken tönt von allen Seiten durch den hellhörigen Wald; zuweilen schallt hoch aus sonnbeglänztem Wipfel der flötende Gesang einer Drossel, und doch, trotz allem Singen und Klingen, welch' träumerische ahnungsvolle Stimmung schwebt über der Welt; ein stilles Sichbesinnen, ein heimlich Werden und Weben ist rings verbreitet, so dass man das stätige Aufsteigen des Saftes in die Zweige zu vernehmen glaubt und das unablässige Drängen und Wachsen der tausend jungen Frühlings-

keime, welche unter der schützenden Laubdecke des Bodens emporstreben.

Holding war nicht in der Laune, auf diese
Dinge zu achten. Er schlenderte gesenkten
Hauptes in den abgelegenen Wegen dieses
anmuthigen Waldes einher und dachte an
die erfahrene Kränkung und an sein ver-
gangenes Leben. Zum ersten Male war ihm
mit Schärfe entgegengetreten, dass er eigentlich nichts war und nichts bedeutete. Er
hatte stets auf weichen Kissen gesessen und
niemals von der harten Noth des Lebens
etwas kennen gelernt. Seine Füsse waren
immer auf sanften Pfaden gewandelt, und
er wusste nichts von den dornigen Ranken,
welche andern, die ihre Wege selber bahnen
müssen, sich hindernd um die Füsse schlin-
gen, nichts von den tückischen Zweigen,
welche Voranwandelnde uns ins Gesicht zu-
rückschnellen lassen. Er war durchs Leben
geschlendert, dem müssigen Spaziergänger
gleich, der bald hier dem Sange eines
Vogels lauscht, bald dort sich in den
Duft einer Blume vertieft und dann wieder

behaglich am Wege steht und der Arbeit anderer zuschaut. Wahrhaftig, wenn er jetzt die Welt verliess, so blieb nichts zurück, an dem die Spuren seiner Thätigkeit hafteten, als eine Cigarrenspitzen-Sammlung, welche er verachtete.

Er dachte an Siebold und seinen rastlosen Fleiss, an die Hunderte von Werken, welche dieser in seiner baukünstlerischen und kunstgewerblichen Laufbahn geschaffen und als selbständige Dinge in die Welt gestellt hatte, so dass sie von ihm zeugen mussten noch in spätester Zeit. Dunkle unklare Vorstellungen durchzogen sein Hirn, ein unbestimmter Drang ebenfalls zu schaffen und zu handeln und an der grossen Menschenarbeit Theil zu nehmen. Wie draussen bei dem Schein der frühen Märzessonne die sprossenden Keime unter der Laubdecke verborgen zu dem noch unbekannten Lichte empordrängten, so regte sich auch in seiner Brust ein dunkles Weben und Streben, das noch nicht wusste, was es werden sollte.

Unter diesen Gedanken und Vorstel-

lungen hatte er am zoologischen Garten
den Thiergarten verlassen und schlenderte
gesenkten Hauptes, die Hände auf den
Rücken gelegt, den Kanal entlang, in der
Absicht Siebold aufzusuchen. Es war wenig
Verkehr auf der Strasse und Holding war
überdies nicht in der Stimmung auf die
Begegnenden zu achten. So überhörte er
auch, dass schnelle Schritte und das Rauschen von Kleidern sich hinter ihm näherten.
Ein ältlicher Herr von ländlichem Aussehen
mit glattrasirtem Gesicht und weisser Hals-
binde führte eine junge Dame am Arm
und da, als beide sich näherten, gerade
ein Bauzaun das Trottoir einengte, und
Holding keine Anstalt machte auszuweichen,
so waren sie genöthigt auf die Strasse zu
treten und um ihn hinwegzugehen. Die
Wendung nach diesem Manöver auf den
Fusssteig zurück fiel indess jedenfalls zu
kurz aus, die Schleppe der jungen Dame
schwenkte sich schnell herum und plötzlich
fühlte Holding wieder den verhängnissvollen
Zug an seinen Füssen, und das ihm so ent-

setzliche Krachen reissender Seidennähte
tönte in sein Ohr. In plötzlicher Erinnerung
an seinen gestrigen Unfall war er auf's
Aeusserste bestürzt, er vermochte weiter
nichts als zusammenfahrend eine unverständ-
liche Entschuldigung auszustossen. Aber
wie ward ihm zu Sinne, — wie von Sonnenschein übergossen ward sein Gemüth, als
die junge Dame, statt mit dem erwarteten
Giftblick ihn zu strafen, ein anmuthig
lächelndes Antlitz zurückwendete und ihn
mit Augen anblickte, welche zu sagen
schienen: „Es hat nichts zu bedeuten, ver-
zeih', dass meine Ungeschicklichkeit dich
so erschreckt hat." Es lag so viel Güte,
Selbstlosigkeit und Anmuth in diesem Ausdruck, dass Holding in einem Gefühl der
angenehmsten Ueberraschung stehen blieb
und den Beiden, die mit eiligen Schritten
ihren Weg fortsetzten, verwundert nachsah.

Eine seltsame Wirkung hatte dieses
kleine Ereigniss auf ihn. Wie hinweg-
geschmolzen war plötzlich alle Verdriess-
lichkeit und Verstimmung vor diesem einen

gütigen Blick aus schönen Augen. „Dem
Himmel sei Dank, es giebt doch noch gute
Menschen!" sagte er unwillkürlich ganz laut
und folgte dann schnelleren Schrittes, um
die junge Dame nicht so bald aus den Augen
zu verlieren. Ein tiefes Wohlwollen für
dieses weibliche Wesen erfüllte ihn. Wie
sie am Arme des Alten so leicht und frei
und doch so voll Demuth einherschritt!
Ein Hauch von Gesundheit und Frische
ging von ihr aus, und in der kräftigen Fülle
ihrer Erscheinung lag dennoch wieder eine
stille Zartheit, eine so entzückende Vereinigung von Kraft und Anmuth, dass Holding glaubte, nimmer dergleichen gesehen
zu haben. Er folgte den Beiden in ge-
messener Entfernung. Sie gingen über die
Potsdamer Brücke und die Potsdamer Strasse
hinunter. Dann bogen sie ab und ver-
schwanden in Frederichs Hotel. Die Welt
war plötzlich leer, Holding ging langsam
weiter und betrachtete das kleine Hotel
mit einem Interesse und einer Andacht, als
hätten sich plötzlich seine grauen Mauern

in einen schimmernden Märchenpalast aus
Gold und Edelstein verwandelt. Dann ging
er ganz hintersinnig bis zum Potsdamer
Platz, kehrte wieder zurück, um sich das
merkwürdige Haus noch einmal anzusehen.
Ob er sich gewundert hätte, wenn unter
dem Musiziren von buntbekleideten Zwergen,
die auf goldenen Trompeten bliesen und
silberne Pauken dazu rührten, die Schöne
in einem Kleide wie die Sonne auf den
Altan getreten wäre, um die Huldigungen
des Volkes entgegen zu nehmen, ist sehr
die Frage.

NEUE BAHN.

Dieses Begegniss kam Holding nicht
wieder aus den Gedanken. Am nächsten
Tag ging er in aller Frühe nach Frederichs
Hotel und erkundigte sich nach den Namen
der Fremden. Er brachte in Erfahrung,

dass der Prediger Junius aus Bordau, einem Dorfe der Provinz, mit seiner Tochter sich hier einige Tage aufgehalten habe, jedoch am gestrigen Nachmittage bereits wieder abgereist sei. Der Oberkellner reichte ihm sodann, nachdem er diese Auskunft gegeben hatte, die Kreuzzeitung und sagte: „Der Herr Prediger hat durch uns eine Anzeige befördern lassen, welche heute in der Zeitung steht; vielleicht wünschen Sie ihn deshalb zu sprechen?"

Holding nahm das Blatt und las:

„Zum ersten April suche ich für meinen zwölfjährigen Sohn einen akademisch gebildeten Hauslehrer.

Bordau, den 18. März 1878.

Junius, Prediger."

Holding verabschiedete sich, ging spornstreichs an die nächste Strassenecke und kaufte die Kreuzzeitung. Dann verfügte er sich eilfertig nach Hause und vertiefte sich wohl eine Stunde lang in das Studium dieser Anzeige, indem er drei Cigarren dazu aufrauchte. Sodann nahm er einen Rothstift, machte einen dicken Strich an den Rand, setzte sich in eine Droschke erster Klasse, fuhr zu Siebold und theilte diesem das Erlebniss des gestrigen Tages mit. Es darf nicht verwundern, dass die Wichtigkeit, mit welcher Holding diese Angelegenheit behandelte, dem Freunde die Mundwinkel ironisch kräuselte, allein in eine wirkliche Verwunderung gerieth dieser, als jener plötzlich die Kreuzzeitung hervorholte und ihm das roth angestrichene Inserat unter die Augen hielt.

„Nun, was bedeutet das?" fragte Siebold.

„Akademische Bildung wird verlangt," antwortete Holding, — „die besitze ich. — Du hast durch Deinen Rath mich in die Lage gebracht, in welcher ich mich jetzt befinde, nun verlange ich als Beweis Deiner Freundschaft von Dir, dass Du alle Mittel in Bewegung setzest, um mir diese Stellung zu verschaffen. Da ich nun einmal für arm gelte, so will ich es auch weiter scheinen und mir die Liebe und Achtung der Menschen durch eigene Arbeit zu erringen versuchen. Ich leugne dabei nicht, dass dieses Mädchen

bei der ersten Begegnung einen grossen Eindruck auf mich gemacht hat, und dass dieser
Eindruck ein Hauptbeweggrund meines Han-
delns ist — aber, lieber Siebold, die Sache
liegt nun einmal so, ich will keinen Rath
mehr, ich will Hülfe, und da ich weiss, Du
hast durch Deinen Onkel Verbindungen in
den Kreisen der hohen Geistlichkeit, so bitte
ich Dich, das Deinige zu thun, mir sofort
eine möglichst einflussreiche Empfehlung zu
verschaffen." —

Es half Siebold nichts, dass er alle
Mittel versuchte, seinen Freund von diesem
auffallenden und übereilten Vorsatze abzubringen, und so sah er sich denn schliesslich
genöthigt nachzugeben und sofort zu seinem
Onkel, dem Provinzial-Schulrath, zu fahren.
Hier traf er es insofern sehr glücklich, als
sich herausstellte, dass der Prediger Junius
ein Studienfreund des Onkels war, und es
gelang ihm, indem er sich für seinen Freund
Holding vollständig verbürgte, die schwer-
wiegende Empfehlung seines Onkels zu
erhalten.

Somit wurde die Sache also gefördert, dass nach dem Verlaufe von acht Tagen Holding bereits in dem Besitze eines Schreibens aus Bordau war, dass ihm die gewünschte Stellung zusicherte. Wegen der fortgeschrittenen Zeit sah er sich genöthigt, sofort seine Anstalten zur Abreise zu treffen und am 31. März verabschiedete er sich von Siebold, welcher ihm bis zum Stettiner Bahnhof das Geleit gegeben hatte, und dampfte etwas bänglichen Herzens, aber doch wohlgemuth davon, seiner Zukunft entgegen. Siebold sah dem sich entfernenden Zuge noch eine Weile tiefsinnig nach; dann schüttelte er ein wenig mit dem Kopfe, schnippte mit den Fingern und kehrte langsam, den weiten Weg zu Fuss durchschreitend, in seine Wohnung zurück.

IDYLLE.

Bordau, den 14. April 1878.

Lieber Siebold!

Es ist Sonntag Nachmittag, lieber Freund, weisst Du, was das auf dem Lande zu bedeuten hat, noch dazu an einem Tage, an welchem die Sonne so freundlich scheint, wie heute? Es bedeutet: Ruhe, Frieden, Behaglichkeit, Beschaulichkeit. Ich weiss, „draussen fern in der Türkei" giebt es Leute, verdriessliche übersättige Leute, für welche ich ein tiefes Bedauern empfinde; diese würden sich vielleicht weit kürzer fassen und würden sagen, es bedeutet Langeweile. Nun, je nachdem! Ich freue mich der Ruhe und des Friedens dieses Sonntages und diese Freude habe ich mir ehrlich verdient, denn es ist keine Kleinigkeit sich in die Geheimnisse der unregelmässigen Verba und der griechischen Konjugation plötzlich wieder hineinzuarbeiten, und die Kunst ist nicht gering zu achten, einem jungen in-

telligenten Menschen von zwölf Jahren
Dinge zu lehren, welche man bereits seit
langer Zeit wieder vergessen hat. Aber es
macht sich, lieber Siebold.

Ich sitze augenblicklich am offenen Fenster, natürlich einer Giebelstube, und wenn
ich meine Augen erhebe, so blicke ich in
den knospenden Frühlingsgarten, woselbst
schon allerlei freundliche Krokos und ver-
borgene Veilchen blühen, die zuweilen einen
sanften Dufthauch zu mir herauf senden.
Rechts über den Gartenzaun sehe ich den
Wirthschaftshof und kann mich erfreuen an
der Beobachtung eines prachtvollen Hahnes,
der im deutlichen Gefühl seiner übernatür-
lichen Schönheit und seiner hühnerologischen
Verdienste den Kamm sehr hoch trägt, und
wenn er stolz dahinwandelt ganz ausserordentlich mit den Sporen aushaut. Weiterhin macht sich ein Truthahn bemerklich,
welcher den grösseren Theil des Tages
darauf verwendet, sich aus unaufgeklärten
Gründen in Wuth zu befinden. Ich kann
mir nur denken: er ärgert sich darüber,

dass er gar keinen Grund zum Aerger hat.
Es giebt ja auch Menschen von ähnlicher
Gesinnung. Während ich noch mit der
Beobachtung dieser nachdenklichen That-
sachen beschäftigt bin, machen sich schon
wieder die Enten bemerklich, die bis jetzt
bei einander platt auf dem Bauch in der
Sonne gesessen und verdaut haben. Plötzlich von Entschlüssen, wie diese Thiere
sind, erheben sie sich alle mit einem male
und watscheln in langer Reihe dem Teiche
zu, woselbst sie mit Schlammschnabbern
und Kopfstehen ihre Künste betreiben und
zuweilen plötzlich, ohne jeden ersichtlichen
Grund in taktmässigem Chor in ein ungeheures: „Park, park, park!" ausbrechen. Ich
bemerke, die unendliche Fülle des sich mir
darbietenden Stoffes reisst mich hin, und
ich breche ab, ohne den Tauben gerecht zu
werden, welche im Sonnenschein gurren, und
ohne es den Schwalben zu werden, welche
über meinem Fenster ihre Nester haben;
des übrigen mannichfaltigen Viehzeuges,
das in den Kreis meiner Beobachtung kommt,

will ich gar nicht gedenken. Es erübrigt
nur noch, Dir zur Vervollständigung des
Bildes mitzutheilen, dass ich zu alle diesem
eine lange Pfeife rauche. Ich habe mir
sechs von diesen Instrumenten aus der
Stadt mitbringen lassen. Es sieht kandi-
datenmässiger aus.

Da ich voraussetze, dass Du jetzt eine
vollständig gesättigte Vorstellung gewonnen
hast von der Lage, in welcher ich mich in
diesem Augenblick befinde, so erlaube mir,
dass ich in meiner jungen Begeisterung für
den Sonntag auf dem Lande, Dich mit den
weiteren Vorzügen dieses Tages bekannt
mache.

Gleich morgens beim Aufwachen entzückt
mich der Gedanke, dass heute keine Schule
ist. Die unregelmässigen Verba stehen einer
unschädlichen Wolke gleich am fernen Horizont, es ist der herrliche Tag, da die Geo-
graphie aufhört und die Weltgeschichte zu
Ende ist. In diesem Hochgefühl drehe ich
mich auf die andere Seite, um noch „ein
Auge voll zu nehmen," allein es ist un-

möglich, bei dieser angenehmen Aufregung wieder einzuschlafen.

Demnach kleide ich mich an und wandre in den Garten, wo die Vögel ihre Morgenmusik machen und es mancherlei zu beobachten giebt. Z. B., ob die Spargel schon kommen, wie die Erbsen sich befinden und ob man die Radieschen bald ziehen kann. Dabei weht eine ganz andere Luft, als an anderen Tagen, sie ist reiner und feierlicher und frei von dem Geräusch der Arbeit. Zum Kaffee finden sich alle Hausbewohner zusammen, und hier kann ich nicht mehr umhin, einer gewissen Persönlichkeit Erwähnung zu thun, welche die eigentliche Veranlassung meines Hierseins ist. Sie heisst Frieda. Ich habe diesen entzückenden Namen früher nie ausstehen können. Ich hatte als kleiner Knabe eine Tante dieses Namens, welche nicht von der Anschauung abzubringen war, dass Bonbons den Zähnen schädlich seien, und welche mir täglich sieben mal einen gewissen kleinen Otto als Musterbeispiel vorführte. Ich habe dieses

Futteral aller menschlichen Vorzüge niemals gesehen und bin heute der Anschauung,
dass er nichts gewesen ist, als ein Phan-
tom, eine pädagogische Erfindung meiner
Tante, mich auf den Pfad der Tugend zu
locken — aber gehasst habe ich ihn mit
der ganzen Kraft meiner Seele und noch
bis vor kurzem flösste mir jeder Mensch
Misstrauen ein, der diesen Vornamen führte.
Hiernach brauche ich Dir wohl kaum noch
mitzutheilen, dass mein Zögling Otto heisst.

Ich weiss, Du hältst mich für verliebt,
und Du nennst in Deinen Gedanken mein
Hiersein den Streich eines Hals über Kopf
Verliebten. Du bist sehr im Irrthum. Was
ich für Frieda empfinde, könnte man am
besten mit Wohlwollen und Verehrung bezeichnen. Es ist das Gefühl, das uns er-
greift, wenn wir einem Werke der Natur
gegenüber stehen, das in sich vollendet ist,
und wenn ich an sie denke, so ist es mir
„als in den Mond zu sehen.“ Doch Du
wirst dies alles nicht glauben, und ich sehe
deutlich in Deinen Mundwinkeln die be-

kannten fatalen Kräusel. Somit will ich
denn in der Darstellung meiner sonntäglichen Vergnügungen fortfahren, und da
muss ich nun des Küsters gedenken, welcher
auf dem Thurme mit zwei Glocken ein
äusserst kunstreiches Gebimmel vollführt,
das in bestimmten Pausen oftmals wieder-
holt wird und jedesmal pianissimo anfängt,
zur äussersten Stärke anschwillt und dann
wieder abnimmt und ebenfalls pianissimo
endet. Heute Morgen war ich auf dem
Thurme und habe dabei zugesehen. Die
Kirche liegt auf dem höchsten Punkt des
Dorfes, und man hat aus den Schalllöchern
eine freie Umschau in die Gegend. Da ist
es nun bemerkenswerth zu sehen, wie von
allen Seiten von den entlegeneren Orten
her, wie von den Glockentönen herbeige-
zogen, die Leute auf die Kirche zustreben.
Auf den Landwegen fahren die Wagen,
während die Fussgänger meist auf Richt-
wegen, sogenannten Kirchsteigen, durch
Kornfelder und Wiesen dahergezogen kommen, wo sie Reihen von dunklen Punkten

bilden. Sie sammeln sich dann an der Kirche und stehen zwischen Gräbern umher in der Sonne, die Frauenzimmer im Sonntagsstaat, ein Gesangbuch, ein gefaltetes Taschentuch und einen Strauss von starkriechenden Blumen in den Händen, und die Männer im langen Staatsrock. Alle tragen sie dabei ein feierliches und gedämpftes Wesen zur Schau. Endlich kommt dann der kleine Sohn des Küsters mit dem riesigen Kirchenschlüssel und einer noch viel grösseren Vorstellung von der Wichtigkeit seiner Mission und schliesst die Kirche auf, welcher Akt von seinen gegenwärtigen Altersgenossen mit einem Ausdruck scheuer Bewunderung wahrgenommen wird, und selbst in den Mienen der alten Leute lese ich eine gewisse Befriedigung darüber, dass der Junge seine Sache so ordentlich und küstermässig macht. Die Kirche füllt sich mehr und mehr, und nun kommen auch die wohlhabenden Bauern der Gegend zu Wagen an, der behäbige Domänenpächter mit seiner rundlichen Frau und zwei rosigen Töchtern, und zuletzt der Herr Baron, dessen Damen einen Hauch von Residenzluft um sich verbreiten und an diesem Orte wie exotische Blumen aussehen. Zuletzt kommt dann auch der alte, würdige Prediger in seinem schwarzen Talar durch das junge Frühlingsgrün gegangen und verschwindet in der kleinen Thür der Sakristei. Wir haben uns unterdess ebenfalls in die Kirche verfügt, und nun beginnt die Orgel und der Gesang, wobei ein alter Bauer mit einer unbeschreiblich krähenden Stimme sich besonders durch eine furchtbare Inbrunst und durch die Eigenschaft hervorthut, an bestimmten Stellen des Liedes in die Octave überzuschnappen, offenbar jedoch der sichern Ueberzeugung lebt, er und der Küster hielten die Sache aufrecht. So kommt die Zeit heran, da der gute, alte Prediger mit seinem weissen Haar und seinem rosigen Antlitz auf der Kanzel erscheint und eine milde, freundliche Predigt hält, die von Herzen kommt und zu Herzen geht, eine Predigt, welche Aehnlichkeit hat mit dem Sonnenschein, der in breiten Strömen durch die alten Spitzbogenfenster hineindringt und Licht in die dunkelsten Winkel sendet. Aber manche von den verhärteten Bauernseelen mögen wohl schärferer Mittel zu ihrer Erbauung bedürfen, und es schmerzt den wahrheitsliebenden Berichterstatter tief, die Thatsache berichten zu müssen, dass jener alte Gesangskünstler, wahrscheinlich in Folge der überstandenen Anstrengung, alsbald in einen sanften Schlaf verfällt, und dass ein anderer älterer Herr in Kniestiefeln bei seinem mannhaften Ringen mit dem Dämon des Schlafes fortwährend mit dem Kopfe vorüber schiesst und sich in Folge dessen in einem fortwährenden Kampf mit einem unsichtbaren Ziegenbock zu befinden scheint. Aber das Bewusstsein der Heiligkeit des Ortes lässt niemanden darüber lachen; vielleicht ist man auch durch jahrelange Gewohnheit gegen solchen Anblick abgestumpft, und ich glaube fast, ich, dem dies alles neu und nie erlebt ist, bin der einzige, der solches mit Bewusstsein bemerkt. Und wie soll ich Dir beschreiben, jenes Gefühl, das mich trotz aller Aufmerksamkeit auf die Worte des Vaters, kaum einen Augenblick verlässt, das Gefühl von der anmuthigen Nähe seiner Tochter, deren sanfte Athemzüge mir durch das leise Knistern des sonntäglichen Seidenkleides vernehmlich sind. Zwar sitzt mein Zögling zwischen uns und doch verspüre ich an dieser Seite immer etwas wie einen sanften, elektrischen Anhauch.

Die Ströme des Sonnenlichtes rücken weiter und machen Dinge erglänzen, welche vorhin im Schatten lagen; ein verirrter Schmetterling flattert durch die Kirche und schlägt mit den Flügeln gegen die bleigefassten Scheiben. Draussen zwitschern die Sperlinge und die ruhlos an den Fenstern vorüberschiessenden Schwalben und allmälig geht die Predigt zu Ende.

Mein lieber Siebold, ich bemerke vielleicht zu spät, dass ich diesen Brief angefüllt habe mit lauter kleinen Dingen, die mancher der Beachtung vielleicht nicht werth halten

würde. Aber ich tröste mich mit einem
Ausspruch, welchen Du gern im Munde
führst und welcher also lautet: „Es giebt
nichts kleines in der Welt; der Kölner Dom
ist auch nur aus Sandkörnern erbaut." So
lass es Dir gefallen, wenn ich alles, was mir
einfällt, so an Dich hinschreibe und sei
allerbestens gegrüsst. Es dunkelt schon und
ist ganz still geworden. Die Luft weht kühl
von den Wiesen und am Horizont des hell-
grauen klaren Frühlingshimmels brennt das
Abendroth und leuchtet durch zierliches Gezweige der Bäume, die vom ersten jungen
Grün des Frühlings leise angehaucht sind.
Leb' wohl für heute!

Dein Eduard Holding.

WALD UND SONNE.

Bordau, den 15. Mai 1878.

Lieber Siebold!

Wir haben gestern Friedas Geburtstag
gefeiert. Wie gern hätte ich sie an diesem

Tage mit Kostbarkeiten überschüttet, mit Schmuck und herrlichen Stoffen, und doch hatte ich wieder das Gefühl, dass zur Hebung dieser Art von Schönheit alle diese Künste nichts beitragen können. Nur Perlen hätte ich ihr schenken mögen. Der reine, weisse Mondesglanz der Perle, die nicht funkelt und nicht blitzt, sondern gleichsam von innen heraus einen stillen, sanften Schein von sich giebt, würde ihrem Wesen entsprechen. Da nun dies alles aber nicht sein kann, so bin ich als armer Kandidat des Morgens sehr früh aufgestanden und in den Garten gegangen und habe meine ersten Studien in der Kunst, einen Blumenstrauss zu binden, gemacht. Es ist nicht leicht, und ehe man die Dinger so hat, dass sie sitzen, wo sie sollen und alles passt, wie es muss, da kann einen manchmal die Verzweiflung anwandeln. Aber schliesslich ist es mir doch so leidlich gelungen.

Lieber Siebold, es ist ein schöner Anblick, zu sehen, wie sich ein Menschenkind so recht von innen heraus freuen kann. Als

ich die kleinen dürftigen Geschenke sah
und die innige Herzensfreude, mit welcher sie entgegengenommen wurden, da ist
mir etwas wie Rührung in die Augen gekommen.

Es war ein wundervoller Maientag und
somit konnte der Plan, den Geburtstag im
Walde zu feiern, zur Ausführung gebracht
werden. Am späten Vormittag spannte Friedrich die beiden kleinen Lithauer vor den
offenen Wagen; ein sehr vertrauenerwecken-
der Korb, aus welchem einige freundliche
Flaschenhälse ragten, wurde unter den
Kutschersitz geschoben, und fort ging es
unter lustigem Peitschengeknall in den Früh-
lingstag hinaus.

Man darf es sagen, der hatte auch das
Seine gethan. Den ganzen Himmel hatte
er voll singende Lerchen gehängt und alle
Büsche hatte er mit lustigen Musikanten
besetzt. Er schickte den Frühlingswind, —
man konnte sehen, wie er über die grünen
Saatfelder rannte, — der kam als Läufer
vor uns her, und jungbelaubte und blühende

Bäume standen am Wege und grüssten uns mit nickenden Zweigen.

Dann nahm der Buchenwald uns auf, dessen Laub in hellgrüner Pracht stand. Am Rande waren die Buchfinken in den Wipfeln, welche uns mit schmetternden Fanfaren begrüssten, doch weiterhin ward es stiller, nur fernes Gurren von verliebten Tauben und zuweilen der Schrei eines Raubvogels ward hörbar. So ging es weiter, — zuweilen fiel der Blick durch eine Waldlücke in ferne sonnengrüne Einsamkeit, zuweilen kam eine Wiese, wo schon einzelne Schmetterlinge im Sonnenscheine flogen, zuweilen eine einzelne Eiche, welche den dunklen Stamm mächtig zwischen den hellen Buchen erhob und trotzig ihren Platz behauptete. Unten war es windstill und friedlich über dem mit Sonnenlichtern bestreuten Boden, doch oben ging ein unablässiges leises Rauschen, — es war, als führen wir auf dem Boden eines grünen Meeres daher, das über uns seine Wellen schlug. Und zu alledem das beseligende Gefühl, einem der schönsten und liebenswerthesten Mädchen der ganzen Welt gegenüber zu sitzen und mit ihm in die sonnige Welt zu fahren und all die Frühlingslust in ihren leuchtenden Augen widerglänzen zu sehen.

Endlich schnauften die kleinen Pferdchen eine sanfte Anhöhe hinauf; es ward lichter zwischen den Bäumen, und als wir oben anlangten, sahen wir zur Seite den Grund sich wieder senken und aus der Tiefe der See seine Sonnenblitze senden.

Hier hielten wir an, weil ein gebahnter Weg nicht hinab führte; Friedrich nahm den hoffnungsreichen Korb auf seine Schulter, und wir stiegen durch das weiche Laub, das viele Jahre hier aufgehäuft hatten, langsam hinunter.

Ich habe selten ein schöneres Plätzchen für einen solchen Ausflug gesehen. Vom Hügel herab ging ein sanfter Einschnitt, in welchem eine Quelle entsprang und über Sandgrund und glatte Steine hinabrieselte, auf den See zu. Buchen von seltener Pracht und Grösse ragten hier mächtig empor; doch

standen sie nicht so häufig, dass ihr Schatten
den Graswuchs verhindert hätte, der überall
zwischen grossen moosigen Steinen üppig
hervorkam und gar anmuthig von blühenden
Frühlingsblumen durchwirkt war. Und
durch den Einschnitt hatte man einen Blick,
von Buchenzweigen schön umrahmt, auf den
glänzenden See, den leichte Wellen anmuthig
kräuselten, und auf seine waldige Buchten,
welche von einem träumerischen blauen Dufte
erfüllt waren.

Zwischen zwei grossen Felsblöcken, am
Abhang zur Seite der Quelle, wurden Decken
ausgebreitet und die Lagerstatt errichtet.
Der Prediger, der in diesem Fache ein Spe-
zialist zu sein behauptete, machte sich daran,
unter genauer Beobachtung der herrschenden
Windrichtung, einen Feuerherd aus Feldsteinen zu erbauen, und indess Frieda in
hausmütterlicher Geschäftigkeit den ver-
heissungsreichen Korb auspackte, machten
mein Zögling und ich uns an die Arbeit,
das nöthige Holz im Walde zu lesen.

Wie schien der sonst so stille Wald so

ungewohnt der fröhlichen Stimmen, welche ihn jetzt durchschallten. Grosse Vögel, welche in den Wipfeln gerastet hatten, erhoben sich mit schwerem Flügelschlag, und auf der Laubdecke botanisirende Eichhörnchen sprangen erschreckt eilfertig den glatten Stamm empor, aus sicherer Höhe neugierig um die Ecke lugend. Nachdem ein genügender Holzvorrath angesammelt war, begaben Otto und ich uns hinab an das Seeufer, um für das Festmahl einen weiteren Beitrag zu liefern. Unter den vielen Steinen, welche den Seegrund des seichten Ufers bedeckten, gab es zahlreiche Krebse, und nachdem wir uns der Stiefel und Strümpfe entledigt hatten, machten wir uns umherwatend daran, die krabbelnden Gesellen aus ihren Schlupfwinkeln hervorzuholen, welches Attentat sich diese Panzerthiere natürlich ohne Gegenwehr nicht gefallen liessen und uns manch herzhaften Kniff beibrachten. Wir hatten aber den Triumph, dass das Resultat unserer Jagd die Erwartungen der Zurückgebliebenen durchaus übertraf und uns Lob und Bewunderung eintrug. Unterdessen waren diese auch nicht müssig geblieben; ein mächtiges Feuer loderte um einen Kessel, in welchem Kartoffeln in der Schale siedeten, und der bläuliche Rauch stieg hoch empor, sich unter den grünen Wipfeln vertheilend, wo der Sonnenschein lange helle Streifen hineinwebte. Auf dem Rasen war ein weisses Tuch gedeckt und mit reinlichem Geschirr und allerlei verlockenden Dingen besetzt, und in der Quelle, wo sie am kühlsten war, lagen zwei Flaschen Rheinwein.

So lagerten wir uns denn fröhlichen Muthes um die gedeckte Tafel und thaten dem zarten, rosigen Schinken, der köstlichen Butter, süss wie Nusskern, der schön bräunlich glänzenden, kalten Ente, den köstlichen Radieschen und ähnlichen ländlichen Gerichten alle Ehre an, und als die röthlichen Krebse dampfend in die Schüssel geschüttet waren, erhoben wir unsere Gläser, deren Inhalt golden in der Sonne funkelte und klangen sie zusammen und brachten dem

Geburtstagskinde ein Hoch, das wiederun
gar seltsam durch den jungfräulichen Wald
schallte.

Nach dem Essen suchte sich der alte
Herr ein stilles sonniges Plätzchen und
deckte sich sein rothseidenes Taschentuch
über das Gesicht, um sein gewohntes Schläf-
chen zu halten. Wir Jungen dagegen beschlossen, einen Streifzug in die Umgegend
zu unternehmen. Wir wandten uns zunächst
der Höhe wieder zu, um in weitem Bogen
die sumpfigen Stellen zu umgehen, welche
durch die überall aus dem Abhang zu Tag
tretenden Quellen gebildet wurden. Dort
fanden wir einen Fussweg, welcher wieder
an den See zurückführte und an seinem
Ufer entlang lief. Als wir dieses, abwärts
steigend, wieder erreicht hatten, traten wir
zugleich aus dem Hochwald hinaus, auf
einen schmalen Wiesenstreifen, der das Seeufer säumte, während das zur Seite an-
steigende Uferland mit niederem Gesträuch
und Buschwerk besetzt war. Da es die
Zeit der Vogelnester war und der mannig-

faltige Gesang, der aus diesen Büschen
schallte, auf eine reiche Einwohnerschaft
von gefiederten Gesellen schliessen liess, so
ward Otto bald abgezogen vom Wege, und
man sah nur noch seinen blonden Kopf
zuweilen zwischen den Büschen auftauchen
und wieder verschwinden. Zuerst rief er
uns bei jeglicher neuen Entdeckung, und
wir mussten wohl oder übel durch das Ge-
strüpp zu ihm dringen, um die niedlichen
Nester mit den gepunkteten oder gestri-
chelten Eierchen zu bewundern, aber bald
trieb ihn sein Jagdeifer immer weiter, so
dass wir schliesslich nichts mehr von ihm
sahen und hörten.

So gelangten wir denn allein an das
Ziel unseres Ausfluges, einen anderen
Buchenwald, an dessen Abhang hinauf unzählige Maiglöckchen blühten, die mit
süssem Duft den Raum erfüllten. Wir
machten uns an die Ernte. Es war hold
zu sehen, wie sie neben den Blumen kniete,
welche so frisch und unberührt waren, wie
sie selber, wie sie jauchzend aufsprang und

zu einem Orte eilte, den sie unterdess entdeckt hatte, wo sie noch üppiger wuchsen,
und es war, als ob der Wald das Echo
ihrer anmuthigen Stimme mit schmeichlerischem Wohlbehagen wieder zurückgab.
So botanisirten wir immer höher den Berg
hinauf und vergassen in unserem Wetteifer
Zeit und Stunde. Wir hatten schon eine
ganze Last Maiblumen gesammelt, als uns
plötzlich war, als hörten wir in der Ferne
rufen. Wir horchten, aber es kam nicht
wieder. Ich sah nach der Uhr und siehe
da, wir waren schon über die verabredete
Stunde ausgeblieben. Wir eilten den Berg
hinab und gingen schnell am Seeufer wieder
zurück. Der Weg erschien uns länger, als
es vorhin den Anschein gehabt hatte. Als
wir den Buchenwald wieder erreicht hatten
und nun von unserem Lagerplatz nur durch
das sumpfige Terrain getrennt waren, stand
Frieda still, athmete tief und sagte: „Mir
ist so seltsam zu Muthe, es ist mir immer,
als hätte sich etwas Schlimmes in unserer
Abwesenheit ereignet." Dann blickte sie auf

das Sumpfland und fuhr fort: „Früher als Kind, bin ich hier einmal trockenen Fusses durchgegangen, indem ich von Stein zu Stein sprang, — das war allerdings im August, wo es trockner ist. Machen wir den grossen Umweg über den steilen Berg, so dauert das eine halbe Stunde, gehen wir hier so können wir in zehn Minuten dort sein.“

„Versuchen wir es!“ sagte ich. Sie eilte auf das Sumpfland zu, stieg auf einen Stein und sah in der Ferne, so weit die sich zusammenschiebenden Stämme es zuliessen. „Ich glaube, es wird gehn,“ sagte sie.

„Aber lassen Sie mich vorangehen, damit ich den Weg prüfe und Ihnen behülflich sein kann,“ sagte ich.

Anfangs ging es ganz gut. Es war ein feuchter, weicher Boden, in welchem zuweilen kleine Wasserfäden rieselten und grünes, üppiges Kraut aufgeschossen war; allein die zahlreichen bemoosten Steine lagen so dicht, dass es nicht schwer war, von einem zum andern schreitend, vorwärts zu gelangen. Dann kam ein trockener Rücken, mit Farrenkraut bewachsen, dann wieder ein kleines Rinnsal mit weithin versumpften Rändern und dann mehrte sich wieder die Feuchtigkeit, und die Steine wurden seltener. Zuweilen standen wir still und überlegten, wie wir weiter kommen sollten.

Sie nahm unbefangen meine hülfreiche Hand an und stützte sich ohne Scheu auf meinen Arm und fühlte nicht, wie das Blut schneller durch meine Adern rauschte. Ich muss gestehen, ich wünschte nicht, dass diese sumpfige Einöde so bald ein Ende nähme. Stundenlang hätte ich mit diesem holden Wesen, das ganz auf meinen Schutz und meine Hülfe angewiesen war, so weiter wandern mögen. Endlich standen wir beide neben einander auf einem Steine, der so schmal war, dass unsere Schultern aneinander ruhten und ich den Arm um ihren Leib legen musste, damit sie nicht hinabglitt, und sahen, dass es nicht weiter ging. Vor uns, etwa fünfzig Schritte weit, leuchtete es grün in der Sonne von nassem Moos und üppigem Krautwerk, und überall blitzte

das feine Wassergeriesel hervor. Es lagen
wohl einige Steine verstreut, allein die Entfernung dieser von einander war zu gross,
als dass sie uns viel hätten nützen können.
Wir standen eine Weile und schwiegen und
suchten mit den Augen einen Ausweg. Es
war ganz still im Walde, denn der Wind
hatte sich gelegt und Bäume und Kräuter
hielten still ihre Blätter dem Sonnenschein
entgegen, der in schrägen Strömen seinen
Weg durch das Gezweige nahm. Nur über
uns in den Wipfeln sangen die Rothkehlchen
und zu unseren Füssen war das unaufhör-
liche klingende Geriesel des Wassers vernehmlich.

„Horch, hörten Sie nichts?" sagte Frieda,
„rief es da nicht wieder?"

Wir lauschten, allein der ferne Schrei
eines Wasservogels war alles, was die stille
Luft zu uns herübertrug.

„Was sollen wir anfangen?" sagte Frieda
dann, „wir müssen doch weiter!"

„Vorwärts geht es nicht," gab ich zur
Antwort; es bleibt uns nichts übrig, als

umzukehren und den anderen Weg zu wählen."

„Giebt es denn keinen anderen Ausweg?" sagte sie, und ich merkte ein Beben in ihrer Stimme. Ich fühlte, dass ihr Athem schwerer ging und dass ihr Busen sich stärker hob und senkte, und als ich nach ihren Augen blickte, las ich doch ein wenig Verwirrung darin über die seltsame Lage, die uns so eng aneinander gedrängt hatte. Sie wandte die Augen ab und blickte wieder suchend hinaus.

„Ein Mittel giebt es noch," sagte ich, und ich muss gestehen, das Herz pochte mir heftig dabei, „wenn Sie mir gestatten, dass ich Sie hinübertrage."

Sie wandte plötzlich den Kopf und blickte seitwärts hinaus, wo durch die Lücken der Stämme der See hervorblitzte. Ein sanftes Roth stieg in ihr Antlitz und verlor sich wieder. Ich hatte das Gefühl, sie müsse mein Herz pochen hören.

„Werde ich nicht zu schwer sein?" fragte sie dann leise.

„Sie werden leicht sein wie eine Feder,“ sagte ich mit Zuversicht.

„Nun dann — in Gottes Namen!“ gab sie zur Antwort und sah mich an mit Augen, in welche die alte Unbefangenheit zurückgekehrt zu sein schien.

Ich untersuchte schnell den Grund in der Nähe des Steines. Als ich mich davon überzeugt hatte, dass der darunter liegende sandige Boden das Einsinken verhinderte, bereitete ich mich für den feuchten Gang vor und nahm dann Frieda auf meine Arme. Sie umschlang leicht meinen Nacken und ich schritt vorsichtig voran. Welch' seliges Geschenk des Himmels war dieser Sumpf. In meinen Armen trug ich durch ihn das Köstlichste, das die Erde hegt, Schönheit und Güte, Reinheit und Unschuld, vereint in einem blühenden lebenswarmen Körper, dessen schlanke und doch volle Glieder sich an die meinen schmiegten, dessen sanfte Athemzüge mich durchbebten — mir war bei dieser engen Gemeinschaft, als rieselte dasselbe Blut durch unsere beiden

Leiber — mir war, als trüge ich das süsse Geheimniss des Lebens in meinen Armen, und dürfte es nimmer wieder von mir lassen. Und wie ein elektrischer Strom, der einen Körper durchkreist, auch in dem benachbarten ähnliche Strömungen hervorruft, so musste wohl das Blut, das so stürmisch durch meine Adern rauschte, auch das ihrige zu schnellerem Laufe entzündet haben, denn ich fühlte, wie ihr Athem tiefer ging, ich fühlte das stärkere Pochen ihres Herzens, und als meine Augen die ihrigen suchten, fand ich wieder die holde Verwirrung in ihnen, die mir schon einmal begegnet war. Wer weiss, was in diesem Augenblick geschehen wäre, denn es ging mir wie ein Rausch durch den Sinn, wenn nicht plötzlich mein Fuss an einen Stein gestossen hätte, so dass ich stolperte und fast gefallen wäre. Sie schlang mit einem leichten Aufschrei ihren Arm fester um meinen Nacken, ich drückte die schmiegsame Gestalt dichter an mich, aber nun ging es aufwärts, die Feuchtigkeit liess nach, und bald fühlte ich festen Waldboden unter meinen Füssen. Mit wahrer Angst, die Sache könnte ganz zu Ende sein, spähte ich vor mich hin, und siehe, es war keine Hoffnung mehr. Ueberall sanft ansteigendes, trocknes Terrain. „Es ist' vorüber!" sagte Frieda leise, und widerstrebend liess ich sie auf den Boden gleiten. Sie stand mit sanft gerötheten Wangen da. „Ich danke Ihnen!" sagte sie, ohne mich anzusehen. Dann wandte sie sich und eilte mit leichten Schritten dem Lagerplatz zu.

Ihre Besorgniss war umsonst gewesen, denn der alte Herr lag behaglich im Grase bei unserer Ankunft und las in einem mitgebrachten Buche, und kurz darauf vernahmen wir auch den Zuruf Ottos, der von dem Hügel herniederkam. Seltsam aber war es, dass wie durch eine stillschweigende Verabredung keiner von uns beiden des Weges, auf welchem wir zurückgekehrt und des Abenteuers, das wir erlebt hatten, Erwähnung that.

Nach einer Weile hörten wir Friedrich,

der zurückgekehrt war, um uns abzuholen,
auf dem Waldwege mit der Peitsche knallen;
wir brachen auf und kehrten, duroh den
schönen Frühlingsabend langsam dahinfah-
rend, nach Hause zurück.

Dies war alles gestern, lieber Siebold,
und ich habe den ganzen schulfreien Mitt-
woch-Nachmittag dazu verwendet, Dir dies
mitzutheilen. Es dunkelt schon, und ich
sehe kaum mehr was ich schreibe. Verzeihe mir meine Weitläufigkeit und dass
ich von Deiner Freundschaft einen so aus-
gedehnten Gebrauch mache und sei bestens
gegrüsst

Dein Holding.

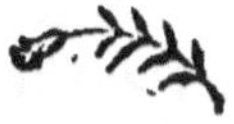

SCHATTEN.

Bordau, den 26. Mai 1878.

Lieber Siebold!

In diesem Augenblicke habe ich den sehn-
lichsten Wunsch, an einer vorspringenden

nahen Waldecke, welche ich von meinem
Fenster aus sehen kann, stände eine gute
Weinkneipe mit einem behaglichen, kleinen
Hinterzimmer und in diesem Zimmer sässest
Du, und ich könnte eilend hinüberlaufen
und Dir mein Herz ausschütten, denn ich bin
kreuzunglücklich. Und was das schlimmste
ist, dem eigenen Frevelmuthe habe ich es
zuzuschreiben, dass ein ganzes Feld voll
lieblicher in Blüthe stehender Hoffnungen
zerstört und vernichtet ist. Aber ich will
von vorne anfangen. Von einer meiner
grössten Prüfungen, welche mir in meiner
freiwilligen Verbannung auferlegt worden
ist, habe ich Dir noch gar nicht geschrieben,
und diese besteht darin, dass ich von Zeit
zu Zeit die Gegenwart eines Menschen ertragen muss, der mir im tiefsten Grunde
verhasst ist. Bordau gehört einem reichen
Gutsbesitzer, Namens Eisenmilch, und dieser
hat einen Sohn von sechsundzwanzig Jahren,
der sich augenblicklich hier aufhält und
eine Verwalterstelle bei seinem Vater ein-
nimmt. Wie man sagt, will dieser die erste

passende Gelegenheit benutzen, dem Sohne ein eigenes Gut zu kaufen. Nun, dieser Jüngling spricht zuweilen bei uns vor. Er kommt dann auf einem Pferde geritten, das viel zu schade für ihn ist, und ein Hund begleitet ihn, in dessen Adern zehnmal edleres Blut fliesst, als in denen seines Herrn. Ein junger, blonder Mensch von brutaler Gesundheit, mit engen Reithosen und hohen Stiefeln und dem steifbeinigen Gang eines Bereiterknechtes. Wenn er nur in der Thür steht, so hat man das Gefühl, dass das ganze Zimmer von seinem Dünkel erfüllt ist. Er ist natürlich ein alter Bekannter der Familie und wird sehr freundlich aufgenommen. Ich selber habe bei seinen Eltern selbstverständlich auch einen Besuch gemacht mit weissen Handschuhen und schwarzer Secle und bin ganz gnädig aufgenommen worden, denn die alten dicken Eisenmilchs sind nicht ohne Gutmüthigkeit und haben ein gewisses Mitleid mit so einem armen Schlucker, der sich mit Stundengeben sein Brot verdienen muss. Der Erbe ihres Namens war glücklicher

Weise nicht zu Hause. Letzterer also kommt zuweilen zu uns und die Leute sagen, er habe ein Auge auf Frieda geworfen und würde sich vielleicht auch herablassen, ihr demnächst das Schnupftuch zuzuwerfen. Eifersucht ist nun bei Leibe nicht der Grund meines Zorns; denn ich achte Frieda zu hoch, als dass ich jemals annehmen würde, sie könnte den Bewerbungen dieses Wichtes Gehör schenken; aber es verdriesst mich, dass er offenbar in ihr nichts sieht, als eine kleine, hübsche, nette Pastorstochter, welche die Wirthschaft versteht und welche gerade gut genug für ihn ist. Alte Jugendbekanntschaft räumt ihm mancherlei Vorrechte ein, und so nennt er sie stets Friedchen, wofür ich ihn jedesmal mit Behagen erdrosseln könnte, und wenn er so von oben her mit seinen grobgeschnitzten, bocksbeinigen Galanterien sich zu ihr herablässt, so ist es gar, um ihn zu prügeln. Dass ich natürlich für ihn gar nicht vorhanden, und eine Art Dienstbote bin, der das Maul zu halten hat, ist selbstverständlich. Da letzteres nun nicht diejenige Beschäftigung ist, zu welcher ich mich in seiner Gegenwart einzig verpflichtet fühle, so hat sich ein nichts weniger als angenehmes Verhältniss zwischen uns entsponnen und nur die Rücksicht, welche ich auf Frieda und ihren Vater nehmen muss, hat unangenehme Scenen bis jetzt verhindert. Doch ich will zur Sache kommen. Vor kurzem blieb er zum Abend da. Da Frieda meine Abneigung gegen ihn kennt, so begegnete ich, als wir uns zu Tische setzten, einem bittenden Blick aus ihren schönen Augen, der mir sagen sollte: „Seien Sie artig, ich bitte Sie, mir zu Liebe."

Ich nahm mir vor das Menschenmögliche zu leisten; allein es ward mir schwer genug gemacht, denn Eisenmilch jun. zeigte sich heute in seinem ganzen Glanz. Er verwickelte sich mit dem Prediger in einen Streit, den dieser in seiner sanften und gleichmässigen Weise und mit kleinen, humoristisch-satirischen Wendungen weiter führte, die aber ihren Zweck verfehlten, weil sie für den Gegner zu fein waren. Herr Eisen-

milch hatte sich aber nun einmal darauf
verbissen, nachzuweisen, dass das Geld die
eigentliche Macht sei, welche die Welt
regiere.

„Alles in Ehren, Herr Pastor, sagte er,
was Sie uns Sonntags von der Kanzel pre-
digen, das Geld spielt doch nun einmal die
Hauptrolle. Wer es besitzt, ist unabhängig
und frei; wer es nicht besitzt, muss dienen.
Was nützen mir alle die schönen Redensarten, dass der Reichthum nicht glücklich
mache, und dass man den schnöden Mam-
mon verachten solle — das sind Erfindungen
von Leuten, welche selber nichts haben und
sich darüber trösten wollen. Andere sagen
wieder, sie finden ihre Genügen in der Erwerbung geistiger Güter, und es sei gering,
nach irdischen zu trachten — da sage ich
nur, wenn sie tüchtig irdische hätten, da
würde es ihnen viel leichter fallen, der Erwerbung geistiger Schätze sich hinzugeben;
denn sie hätten nicht nöthig, sich für ihr
täglich Brod an andere zu verkaufen und
ihre Zeit mit Nebensachen todtzuschlagen.

Ich will nun ein Beispiel nennen: Glauben Sie, dass Herr Holding heute Abend in seiner Eigenschaft als Hauslehrer hier an diesem Tische sitzen würde, wenn er ein Vermögen hätte, das ihn unabhängig machte?"

Ich begegnete wieder einem flehenden Blick aus Friedas Augen. Die Versuchung des Augenblickes war für mich gross, es ergriff mich wie ein Schwindel, denn wie treffend konnte ich in diesem Augenblicke durch die Enthüllung meiner wahren Lage den Gegner siegreich vernichten — er hatte mir ja selber das Schwert in die Hand gegeben, und ich wusste genau, dass ich die Familie Eisenmilch dreimal auskaufen konnte, wenn ich wollte. Allein ich bezwang mich und erwiderte ruhig: „Wer sagt Ihnen, Herr Eisenmilch, dass nicht reine Liebe zur Sache mich diesen Beruf ergreifen liess; wer giebt Ihnen das Recht, ein solches Urtheil zu fällen, da Sie weder mich, noch meine Verhältnisse kennen?"

Eisenmilch lachte laut auf: „Verhältnisse!" rief er, „jawohl! Wissen Sie auch, dass ich gestern aus Berlin zurückgekehrt bin? Kennen Sie Herrn Tütenpieper? Er lässt Sie grüssen. Ein liebenswürdiger, interessanter, alter Herr; er weiss so nette, pikante Sachen zu erzählen. Er theilte mir die Geschichte eines Herrn Holding mit, der, wer weiss auf welche Weise, plötzlich sein riesiges Vermögen verlor und genöthigt war, eine Hauslehrerstelle auf dem Lande anzunehmen — natürlich — aus reiner Liebe zur Sache!"

Der Prediger und Frieda sahen mich erstaunt an, und da letztere bemerkte, wie mir das Blut ins Gesicht schoss und eine heftige Antwort mir auf den Lippen bebte, so fühlte ich plötzlich mit sanftem Druck ihren Fuss auf dem meinen ruhen, und von dieser Berührung rieselte es durch alle meine Glieder, die aufgeregten Wogen meines Blutes dämpfend, und ich war plötzlich wieder ruhig. „Ich sehe darin nichts Un-ehrenhaftes!" war Alles, was ich zur Ant-wort gab. Der Prediger nahm das Wort: „Herr Eisenmilch, Sie bringen diese Dinge in solchem höhnischen Tone vor, dass es den Anschein hat, als wollten Sie Herrn Holding, der unser geschätzter Hausgenosse ist, absichtlich beleidigen. Ich ersuche Sie freundlichst in meinem Hause ein wenig mehr Rücksicht zu beobachten. Ich begreife die Weise, in welcher Sie diese Sachen vorbringen, um so weniger, als man die Art, wie sich Herr Holding in sein Schicksal gefunden hat, doch nur als eine männliche und ehrenwerthe bezeichnen kann."

„Ja, wenn man muss . . ." murmelte Eisenmilch vor sich hin; allein er war doch etwas betreten, wurde schweigsam und empfahl sich bald.

Der verhaltene Groll rumorte noch in mir. Es kränkte mich, dass ich meine Sache nicht selber geführt und mich scheinbar so feige gezeigt hatte. Es war Frieda zu Liebe geschehen, doch warum verlangte sie das von mir; warum sollte ich mich vor ihren Augen demüthigen lassen. Zwar, ihrer Natur nach mussten ihr Zank und Streit im innersten Grunde zuwider sein, allein alles hat am Ende seine Grenzen. Ich war hinausgetreten auf die Veranda und starrte finster in den mondscheinerfüllten Garten. Es war ein lauer Frühlingsabend; süsser Fliederduft wehte zu mir her, und in den finstern Schatten der Gebüsche sangen die Nachtigallen. Plötzlich hörte ich einen leichten Schritt hinter mir; es war Frieda, die im hellen Schein des Mondlichtes vor mir stand.

„Ich danke Ihnen," sagte sie, „für die Rücksicht, welche Sie heute Abend genommen haben."

Es war wohl die gekränkte Eigenliebe, welche mein Herz verhärtete und meinen Sinn verwirrte, so dass ich hart herausfuhr: „Ich wollte, ich hätte das nicht gethan."

Sie sah mich verwundert mit grossen Augen an und sagte nichts. Mir aber hatte der Satan ganz das Hirn verwirrt, also dass ich fortfuhr: „Im Grunde hat Herr Eisenmilch ganz recht mit seinen Ansichten. Was könnte die Leute wohl veranlassen, diesem

unausstehlichen Patron freundlich zu begegnen und Nachsicht mit seiner Flegel-
haftigkeit zu haben, als die Rücksicht auf
sein liebenswürdiges Vermögen. Gewiss hat
er Recht; ich habe es ja an mir selber erfahren, wie sie fast alle von mir abgefallen
sind. Es sind wenige, die sich von diesem
Schimmer nicht in irgend einer Weise blen-
den lassen — wenige sind es, die sich ganz
davon frei machen können — auch Sie nicht,
mein Fräulein, auch Sie nicht — das habe
ich heute Abend wohl gesehen!"

Sie war ganz blass geworden; ihr Antlitz schimmerte geisterhaft im Licht des
bleichen Mondes, und ihre Augen waren
starr und vorwurfsvoll auf mich gerichtet.
Sie schwieg eine Weile, und ich sah, wie
sie tief athmete. Dann sprach sie mit zitternder Stimme: „Sie haben böse Worte
gesprochen, Herr Holding. Ach, ich wollte,
Sie hätten das nicht gethan; denn ich weiss
nicht, ob ich das jemals vergessen kann."
Dann wandte sie sich und verschwand in
der dunklen Thür des Hauses.

Ich wollte ihr anfangs nacheilen, allein
ein thörichter Trotz hielt mich zurück, und
ich blieb.

Seit diesem Abend ist alles vorüber. Ich
habe sie tödtlich beleidigt und sie, die Gute,
Reine, Holde, mit rauher Hand von mir gestossen. Wir gehen im Hause neben einander her, als hätten wir uns nie gekannt.
Die alte Unbefangenheit und Fröhlichkeit
ist dahin; durch eigene Schuld habe ich
zerstört, was mir so lieblich war in meinem
Herzen.

Mein lieber Siebold, habe Mitleid mit
mir. Ich weiss, trotz Deiner sarkastischen
Reden und Gesichter bist du doch ein
guter Kerl. Ich wollte, ich könnte gleich
hinübergehen zu Dir und Deine treue Hand
drücken. Da es aber nicht sein kann, sei
tausend mal gegrüsst!

Dein Holding.

HINTER DER ORGEL.

Seit den geschilderten Ereignissen war eine Woche vergangen. Frieda ging ruhig und gleichmässig wie immer im Hause umher: aber das Verhältniss zu Holding war und blieb gestört. Ihre Augen begegneten den seinen nicht mehr; der fröhliche Scherz war verstummt, und sie vermied es sichtlich mit ihm allein zu sein. Holding wanderte nach Beendigung der Schulstunden brütend in der Gegend umher und überlegte schon, ob er das Verhältniss ganz lösen und wieder in die Stadt zurückkehren solle, und doch im letzten Grunde fühlte er sich noch immer gehalten und gebunden, so dass er zu keinem Entschluss kommen konnte. So wanderte er auch eines Tages, in dumpfes Hinbrüten versunken, auf dem Friedhofe zwischen den Gräbern umher, als er plötzlich aus der Kirche den Ton einer Orgel vernahm und zugleich sah, dass die Kirchenthür geöffnet war. Er vermuthete, es sei der Küster, der sich einen neuen Choral einübe, und da ihn die Klänge anzogen trat er in die Kirche und setzte sich in einem Winkel auf eine Bank. Wie einsam war es hier. Nichts weiter war in dem weiten Raum, als der Sonnenschein und die Klänge der Orgel. Er legte den Kopf an die Lehne, und indem er durch ein Fenster auf die weissen Wolken blickte, welche draussen still vorüberzogen, hörte er wie im Traume den sanften Tönen zu. Im Laufe der Zeit fiel es ihm aber auf, dass die gemässigte Art des Spieles immer dieselbe blieb, und dass es niemals zu einer besonderen Kraftentfaltung kam, und als er zu dieser genauen Beobachtung gelangte, war es ihm auch plötzlich klar, dass es nicht der Küster war, welcher spielte, denn zu der Kunstfertigkeit, welche hier entwickelt wurde, hatte dieser es nicht gebracht. Seine Neugier ward rege; er schritt behutsam durch die Kirche, stieg leise die Treppe zum Orgelchor hinauf und fand den alten Prediger, der ganz vertieft in seine musikalischen Ideen, ihn anfangs gar nicht bemerkte, bis er endlich durch den kleinen Spiegel, welcher zur Beobachtung der Vorgänge vor dem Altar dient, Holdings ansichtig wurde. Der Prediger nickte, ohne im Spiel aufzuhören, diesem zu und sagte dann: „Sie haben mich wohl noch nie spielen hören? Ich wollte Ihnen wohl einmal zeigen, was die Orgel hergiebt; denn es ist ein vortreffliches Werk, allein meine Tochter allein hat nicht die nöthige Kraft, und für volle Leistung gehören auch zwei dazu, die Bälge zu treten. Ich muss mich deshalb mit dem Windverbrauch sehr einschränken."

Holding durchzuckte es plötzlich wie ein elektrischer Schlag: „Ihre Tochter?" fragte er.

„Jawohl," sagte er, „Leute sind jetzt nicht zu bekommen, da die Feldarbeit dringend ist, und da thut meine Tochter mir den Gefallen, mir behülflich zu sein, wenn ich einmal spielen will."

„Wenn es Ihnen recht ist," sagte Holding schnell, „so helfe ich Ihrer Tochter."

„Das ist eine grosse Freundlichkeit von Ihnen," sagte der Prediger, „die ich gern annehme." Er unterbrach sich im Spiel und rief: „Liebe Frieda, Herr Holding ist so freundlich, Dir behülflich sein zu wollen, zeige ihm, was er zu thun hat." Sie antwortete nicht, und Holding ging schnell mit klopfendem Herzen hinter die Orgel, woselbst er Frieda vorfand. Sie erklärte ihm mit wenig Worten die einfache Einrichtung, und kurz darauf stiegen beide neben einander auf und nieder in emsiger Arbeit. Der Alte griff mit Behagen in seine Tasten, und voller und brausender schallten die mächtigen Töne durch die einsame Kirche.

Anfangs sahen beide vor sich hin, scheinbar ganz vertieft in ihre Thätigkeit; aber bald zog es Holding unwiderstehlich seitwärts zu blicken auf die holde Gestalt in hellem Sommerkleide, die soviel Anmuth und elastische Kraft in allen ihren Bewegungen zeigte. Das von der Anstrengung zart geröthete Antlitz zeigte ihm die reinen Linien des Profils, und das herrschende Dämmer-

licht breitete einen eigenen Märchenzauber
über die sanften Züge. So stiegen sie unablässig neben einander auf und nieder; er
konnte sein Auge nicht abwenden von ihr,
und sie fühlte seinen Blick, ohne ihn anzusehen. Unterdess zog der Alte ein Register
nach dem andern, die Töne flohen und ver-
einten sich und immer gewaltiger ward das
Spiel, so dass Wände und Gerüst der alten
Orgel zu dröhnen begannen. Und alles dies,
die Gewalt der Musik, die freie, frische Bewegung, die berauschende Nähe der Geliebten lösten den Druck, der auf Holdings Seele
lag, und liessen ihn die richtigen Worte finden.
Und seltsam, trotz des mächtigen Dröhnens
der Orgel, verstand sie alles, wie wenn die
Stille der Einsamkeit geherrscht hätte.

„Fräulein Frieda," sagte er, „es drängt
mich, Sie für die bösen Worte, welche ich
neulich zu Ihnen gesprochen habe, um Verzeihung zu bitten. Ich bereue sie tief und
versichere Sie auf das heiligste, dass es
mir niemals in den Sinn gekommen ist, wirklich so von Ihnen zu denken, dass nur die

Uebereilung des Augenblicks mich hinreissen konnte, so Frevelhaftes auszusprechen!"

Sie hatte, während er sprach, gerade vor sich hingesehen und nur das vermehrte Auf- und Niedergehen ihrer langen Augenwimpern verrieth ihre Bewegung. Jetzt wendete sie ihm voll das Antlitz zu, und in ihren Augen lag die Verzeihung. Es war ein wunderbarer, geheimnissvoller Blick voll Verheissung und Gewährung. Holding streckte ihr die Hand entgegen; sie ergriff dieselbe und drückte sie sanft, aber sie sprach nichts, sondern nickte ihm nur freundlich zu. Holding jauchzte innerlich auf, es kam wie ein Rausch über ihn und ihm war, als riefe durch das Brausen der Orgel eine Stimme ihm zu: „Jetzt, oder nie!" —

Der alte Prediger hatte sich derweil immer mehr in sein Spiel vertieft, immer gewaltiger baute sich das Werk seiner Töne auf, immer mächtiger strebte es empor zu himmlischen Höhen, umrankt von blühenden Klangfiguren, durchwebt von klingenden Blumen; doch als er den Gipfel glücklich

erreicht und in mächtigem Akkorde ausruhen wollte auf seiner seligen Höhe, da,
mitten im stärksten Fortissimo, brach plötzlich zu seinem grössten Schrecken der Ton
der Orgel ab, und es ward stumm wie das
Grab. Anfangs sass er ganz starr da, dann
rief er: „Frieda!“, aber es kam keine Antwort. Jetzt glaubte er ein leises Schluchzen
zu vernehmen; eine plötzliche Angst befiel
ihn, und er ging eilfertig hinter die Orgel.

Was er da fand? Zwei junge Menschen-
kinder, welche die Welt vergessen hatten und
sich in den Armen lagen und sich nicht oft
genug sagen konnten, wie lieb sie sich hätten.

Sie bemerkten seine Anwesenheit und
kamen nun und baten um seinen Segen.
Der gute, alte Prediger, was sollte er thun?
Er konnte ja nicht anders; er musste wohl
ja sagen.

FANFARE.

Bordau, den 3. Juni 1878.
Lieber Siebold!

Aus meinem Telegramm weisst Du ja, dass ich glücklich bin; aber worüber ich ganz besonders glücklich bin, das weisst Du nicht, nämlich, dass Frieda den armen Kandidaten genommen hat, und dass, als sie nachträglich erfuhr, es sei ein sehr reicher Kandidat, dies sehr wenig Eindruck auf sie gemacht hat. Da ich nun nach der Sitte des Landes nicht länger in diesem Hause bleiben kann, so werde ich allernächstens in Berlin wieder anlangen. Aber später meinen Wohnsitz dort nehmen werde ich nicht. Ich habe Geschmack und Vergnügen am Landleben gewonnen und stehe bereits im Anfang der Unterhandlungen über den Ankauf eines grossen, aber etwas verwahrlosten Gutes in der Umgegend und denke es mit Hülfe eines tüchtigen Verwalters selber zu bewirthschaften. Und der Hauptzweck dieses Briefes: Du sollst mir

mein Haus bauen und sollst einmal einen
Bauherrn haben, wie Du ihn Dir wünschest,
„mit offener Hand und Kunstverstand," das
heisst letzteres am wenigsten, da will ich
mich ganz auf Dich verlassen. In diesem
Hause soll vor Deinem Standbild aus Gold
und Marmelstein ein Altar errichtet werden,
und Myrrhen und Weihrauch und alle köstlichen Gewürze Arabiens sollen Dir wöchent-
lich geopfert werden, und der Scheitel
Deines Hauptes soll Dir gesalbet werden
mit edlem Johannisberger, denn Dir ver-
danke ich doch alles, und Dich will ich
als meinen Wohlthäter verehren bis ans
Ende. Mit bestem Gruss von mir und ihr!

Dein Holding.

HEDWIG.

In einer stillen Seitenstrasse der West-
vorstadt Berlins, wo die Häuser weit-
läuftig im Grün stehn, lag, umgeben von
einem anmuthigen Garten, ein kleines ein-
stöckiges Haus. Im Sommer war es bewohnt
gewesen. Damals sah man wohl im Vorüber-
gehen helle Mädchenkleider aus dem Grün
leuchten und spielende Kinder in den
Steigen; als aber der Herbst kam und über
die Bäume ein brauner Ton ging und das
Laub des wilden Weines sich roth färbte,
waren mit den fallenden Blättern auch die
Sommergäste fortgezogen, und nun tanzte
nur noch das raschelnde Laub in den Steigen,
und auf der Veranda machten sich die Sper-

linge breit. Ein alter Mann, der von dem Besitzer des Hauses als Portier und Gärtner hineingesetzt war, blieb dort. Er bewohnte ein kleines Zimmer im Nebengebäude, und Abends sah man sein einsames Licht durch die Zweige scheinen.

Die Vorhänge waren niedergelassen, und über der Thür hing ein Zettel mit der Inschrift: „Zu vermiethen;" allein es war nicht wahrscheinlich, dass dies im Winter geschehen würde. Die Zeiger der alten Uhr über der Hausthür vollendeten Tag für Tag ihre Kreise, und der einsame Pendelschlag hallte in den schweigenden Nächten durch die öden Räume, indess draussen die Büsche durchsichtig wurden und die Steige sich mit fallendem Laub füllten. Der Triton in dem Bronzebecken blies seinen feinen Wasserstrahl nicht mehr in die Luft, er bot den traurigen Anblick einer vergeblichen Bemühung dar; die Sperlinge setzten sich auf seine Nase und sein Muschelhorn, und eines Morgens war sein Wasserbecken verschneit, und der weisse wollige Schnee lag auf allen Vor-

sprüngen seines bräunlich-grünen Körpers.
So kam Weihnachten heran, und es schien,
als wolle das neue Jahr alles beim alten
lassen. Aber an einem der ersten Tage
des Januar kam ein Wagen vorgefahren,
aus welchem ein Herr stieg und sich dem
alten Gärtner als der Doktor Wilhelm
Haidau zu erkennen gab. Er begehrte das
Haus zu besichtigen, da er mit dem Besitzer über den Ankauf in Unterhandlung
stehe. Infolge dieser Besichtigung kam der
Kauf zum Abschluss, und somit geschah
es, dass das einsame Haus mitten im Winter
wieder Bewohner erhielt und ein neues fröh-
liches Leben in seine Räume einzog; denn mit
dem Doktor kam ein schönes zwölfjähriges
Mädchen, das aus grossen braunen Augen
unschuldig und heiter in die Welt schaute.
Oben in dem Giebelzimmer, das ihr zur
Wohnung angewiesen war, erschien eine
Welt von Blumen, welche im seltnen Schein
der Wintersonne freundlich durch die Scheiben leuchteten, und unten aus dem grossen
Wohnzimmer, das Herrn Haidau zu seinen

Studien diente, strahlte zur Abendzeit wieder der freundliche Schimmer der Lampe in die Nacht des Gartens hinaus.

Die Tage glitten dahin; immer häufiger und länger schien die Sonne in das Giebelzimmer; immer später wurde die Lampe am Abend entzündet, und ehe man's gedacht, war der Frühling in's Land gekommen. Er brachte Schneeglöckchen, welche zwischen ihren grünen spitzen Blättern die Glöckchen wiegten; er brachte Krokus, die mit plötzlichen Farben in dem schwarzen Gartenlande standen; er brachte Veilchen, die mit dunkelblauen Augen schüchtern aus dem neubegrünten Rasen lugten. Er liess ein leuchtendes Grün über die Stachelbeerbüsche gehen, an deren bräunlichen Glöckchen die neuerwachten Bienen summten, und dort wo der alte Gärtner emsig grub und hackte, ging von dem neugestärkten Boden ein frischer, kräftiger Erdgeruch aus.

An einem schönen Frühlingsabend, als das kleine Mädchen im Garten Veilchen suchte, kehrte Herr Haidau von einem Ausgange zurück, und in seiner Begleitung befand sich ein junger Mann von anziehendem Aeussern. Die Kleine sprang dem Doktor mit einer Hand voller Veilchen fröhlich entgegen, doch als sie den Fremden bemerkte, blieb sie zögernd stehen.

„Meine Pflegetochter Hedwig," sagte Herr Haidau, „und dies ist mein alter Freund, der Maler Bergwald, welcher uns nun oft besuchen wird."

Als nach dem Abendessen die Freunde vor dem grossen runden Tische sassen und kein Ende finden konnten, von alter und neuer Zeit, Bestrebungen und Arbeiten sich zu unterhalten; denn nach einer langen Zeit der Trennung hatten sie sich heute zufällig wieder zusammengefunden — da überkam Hedwig. welche in einer Bildermappe blätterte, die Frühlingsmüdigkeit, ihr Kopf sank auf den runden Arm, die Locken fielen darüber hin, und sie schlief sanft ein. Als der Maler dies bemerkte und ihm in einer Pause des Gesprächs die ruhigen, sanften Athemzüge der Schlafenden zu Gehör gekommen waren, deutete er auf das Kind, welches er den ganzen Abend schon mit einem Ausdruck neugieriger Verwunderung betrachtet hatte, und sagte: „Wenn ich nun nicht augenblicklich erfahre, wie Du zu diesem Kinde kommst, so sterbe ich auf der Stelle an unbefriedigter Neugier. Wie, um alles in der Welt, kommst Du zu einer Pflegetochter?"

Haidau lächelte. „Das ist eine ganze Geschichte," sagte er.

„Natürlich ein Roman," rief Bergwald, „eine Geschichte, wie sie nur Sonntagskindern passirt."

„Sie ist sehr einfach," sagte Haidau, „ich will sie Dir erzählen. Vor drei Jahren hielt ich mich meiner archäologischen Studien wegen in Schwerin auf, dessen Alterthumskabinet für nordische Alterthümer von grosser Reichhaltigkeit und für den Forscher von hervorragender Wichtigkeit ist. Ich wohnte im Hôtel du Nord und ging regelmässig des Morgens früh an den Ort meiner Studien. So begab es sich denn, dass ich bald auf ein kleines Schulmädchen aufmerksam wurde, das eine Strecke lang mit mir denselben Weg hatte und mir durch seine Anmuth und die auffallende Einfachheit und Nettigkeit seiner Kleidung auffiel. Ich redete es eines Tages an, und es stellte sich bald eine Art freundschaftlichen Verhältnisses zwischen uns heraus, welches dadurch zum Ausdruck kam, dass wir gegenseitig aufeinander warteten, um den kurzen Weg gemeinschaftlich zu machen. Ich hatte mich so an das freundliche Geplauder mit dem anmuthigen Kinde gewöhnt, dass ich es schmerzlich empfand, als eines Morgens meine kleine Freundin, trotzdem ich länger wartete als gewöhnlich, nicht erschien. Auch an den folgenden Tagen ward ich ihrer nicht ansichtig, bis sie endlich nach einiger Zeit eines Morgens etwas blasser als gewöhnlich und ohne Schulmappe an der Ecke der Salzstrasse stand und mich erwartete. Sie trug mir schüchtern die Bitte vor, sie zu ihrer Mutter zu begleiten, welche sehr krank sei und fortwährend den Wunsch äussere, mich

zu sprechen. Dies erfüllte mich zwar einigermassen mit Verwunderung, allein ich drückte
dem Mädchen sofort die Bereitwilligkeit aus,
ihm zu folgen. Es führte mich in eine jener
engen Strassen, welche in der Nähe des
Theaters gelegen sind; wir gelangten in ein
winkliges, schiefgesunkenes Haus und stiegen
eine schmale und dunkle Treppe empor,
welche zu der kleinen unter dem Dach gelegenen Wohnung führte. Ich fand dort in
einem überaus freundlichen aber ärmlichen
Zimmer eine Frau, welche in einem Lehnstuhl, von Kissen gestützt, sass und trotz
der geisterhaften Blässe und Durchsichtig-
keit ihrer Züge immer noch schön war. Sie
machte eine matte Handbewegung mich zu
begrüssen und sprach mit schwacher Stimme:
„Ich danke Ihnen, mein Herr, für die grosse
Güte, welche sie bezeigt haben, dass Sie der
Aufforderung einer Unbekannten so freundlich Folge leisten. Verzeihen Sie mir, wenn
ich Ihnen eine Störung bereite; allein die
Angst meines Herzens und die Sorge um mein
Kind haben mich zu diesem Schritt getrieben.“

Sie hatte die kleine Hedwig hinausgeschickt und erzählte mir ihre Geschichte. Nach fünfjähriger Ehe hatte ihr Mann sich eine Veruntreuung von Geldern in seinem Amte zu Schulden kommen lassen und war, seine Frau und sein Kind dem Elend und der Schande überlassend, nach Amerika entflohen. Die Frau hatte sich und ihr Kind, da sie sehr geschickt in Handarbeiten war, ernährt, so gut sie konnte; schliesslich war ihr eine kleine Erbschaft zu Hilfe gekommen, die aber zum Theil durch die jetzige Krankheit aufgezehrt worden war.

„Ich weiss, dass ich sehr bald sterben werde," sagte die arme Frau, „und dass dann mein Kind schutzlos und allein in der Welt stehen wird. In schlaflosen Nächten habe ich erwogen und gesonnen, was zu thun sei, und immer sind Sie mir eingefallen, von dem mein Kind mir oftmals erzählt hat. Ohne Sie zu kennen habe ich mein Vertrauen auf Ihre Güte gesetzt und mich in meiner schweren Sorge zuletzt entschlossen, Sie zu bitten, einer armen Frau, die niemand weiter auf der Welt hat, hilfreich zu sein und ihr zu rathen, was sie thun soll. Ich werde meiner Tochter so viel hinterlassen, dass es genügen wird, ihre Erziehung zu vollenden; allein dennoch ist mein Herz schwer, weil ich nicht weiss, in wessen Hände sie gerathen wird, und wessen Augen über sie wachen werden, wenn ich nicht mehr bin."

Sie schwieg und sah mich mit den geistergrossen, dunklen Augen angstvoll an, und ich bemerkte, dass die weissen durchsichtigen Hände mit dem feinen, blauen Geäder leise zitterten. Ich sprach die Hoffnung aus, dass sie wieder gesunden würde und dergleichen mehr, allein sie schüttelte leise den Kopf dazu; ach ich glaubte bei ihrem Anblick ja selber nicht daran. Ein tiefes Erbarmen befiel mich, bei dem Anblick der Sorge und Angst, welche diesen zarten, gebrechlichen Körper erzittern machte; ich sagte ihr, so gut ich vermochte, beruhigende und sanfte Worte und versprach zuletzt, alles zu thun, was in meinen Kräften stände, das Schicksal der kleinen Hedwig zum Besten zu kehren. Sie ergriff mit den beiden schwachen Händen meine Rechte und drückte sie sanft, während ihre Augen dankbar in den meinen ruhten, und mich überkam ein unendliches Mitleid und ein tiefes Gefühl der Theilnahme für dieses arme Weib, so dass ich leise die zarten Hände streichelte. Ich hatte die Empfindung, als begegnete ich endlich der Glücksblume meines Lebens, danach ich alle Zeit getrachtet, allein zu spät, schon hat sie das welke Haupt gesenkt, und in kurzem wird sie verblüht sein und ewig für mich verloren. Ach, lieber Freund, es sind wenige, welche ihr begegnen, wenn sie eben morgenfrisch den schüchternen, unberührten Kelch dem Lichte eröffnet, und wenigen ist es vergönnt, in vollem Zuge den reinen, unversehrten Duft des frischen Lebens einzusaugen.

Ich will kurz berichten, was weiter geschah. Ich betrieb die Sache so gut ich vermochte, und als die Frau gestorben war und ich weisse Rosen hatte auf ihr Grab pflanzen lassen, ward ich zum Vormund der kleinen Hedwig ernannt, und die Sorge lastete auf mir, was nun weiter werden sollte. Es widerstand mir, das Kind in eine Pension zu geben. Ich habe diese gemeinschaftlichen Dressir-Institute nie geliebt. Für Knaben geht es an, aber Mädchen sollen, wenn es irgend erreichbar ist, in der Familie aufwachsen. Ich dachte an verschiedene mir bekannte und verwandte Familien; allein ich konnte mich ebenfalls nicht entscheiden, dies Kind, das mir lieb geworden war wie eine Tochter, ganz aus der Hand zu geben. So schwankte und grübelte ich hin und her, bis mir wie eine plötzliche Eingebung die Frage kam, warum ich das Mädchen nicht selber behielte, um meine ganze Kraft und mein innigstes Bemühen daran zu setzen, ein echtes und gutes Menschenkind aus ihr zu erziehen, wie es mir vorschwebte als Ideal, unberührt von allem Kleinlichen und Peinlichen, das frei und edel und schön, unbeirrt durch das trübe Gewirr der Menge, den hellen Pfad des Lichtes wandelt. Und wie Du siehst, also ist es geschehen," schloss Haidau, indem er mit der Hand auf das schlafende Kind deutete.

Der Maler hatte gleich zu Anfang sein Skizzenbuch hervorgeholt und während sein Freund sprach, eifrig gezeichnet. Jetzt nahm er das Blatt heraus und reichte es Haidau hin. Er hatte Hedwig dargestellt, wie sie mit dem Köpfchen auf ihrem runden Arm schlafend ruhte, und Licht und Schatten der Lampe lieblich und anmuthig auf ihren reinen Zügen lag. Die alte Wanduhr in der Ecke hob schnurrend aus und schlug zehn; der Maler stand auf, strich leise mit der Hand über die weichen Locken des Kindes und nahm Abschied.

Haidau versuchte Hedwig zu wecken, allein sie schlief den festen, tiefen Schlaf der Frühlingsmüdigkeit und der Kindheit; trunken sank der Kopf wieder auf den weissen Arm zurück. Er rief Anna, seine alte Wirthschafterin, nahm das Kind leise und vorsichtig auf den Arm und trug es die Treppe hinauf. Die zarte, rosige Wange lag an der

seinen; die dunklen Locken fielen über seine
Schulter hinab, und die sanften Athemzüge
streiften sein Angesicht. Dann überliess
er sie der Sorge der alten Anna. Als diese
wieder herunter kam, sagte sie: „Schläft
das Kind! Ich habe sie ausgezogen und sie
ist nicht aufgewacht, nur einmal hat sie den
Arm ein wenig aufgehoben und die Augen
ein klein bischen aufgemacht und hat gesagt: „Gute Anna.“"

Die Zeichnung, welche Bergwald an
diesem Abend gemacht hatte, ward das erste
Blatt einer Sammlung, welche sich in den
Jahren vermehrte und allerlei kleine Momente aus dem Leben des schönen Mädchens
darstellte, Arabesken, die ihre Wurzeln in
der Wirklichkeit hatten, aber mit allerlei
sinnigen Ausläufern und Schnörkeln ins
Märchenhafte und Phantastische hinüber-
rankten. Kleine winzige Erlebnisse wurden

so mit dem Schimmer der Poesie und Kunst
umglänzt und mit anmuthigen Erfindungen
verwebt, welche im Laufe der Zeit fast den
Charakter der Wirklichkeit annahmen. Da
war ein Blatt, das einem Sommerausfluge
seinen Ursprung verdankte und Hedwig darstellte, wie sie, einem Waldmärchen vergleichbar, unter spielenden Sonnenlichtern
im Grase sass und Kränze flocht aus Blumen,
welche ihr eilfertig und beflissen von Hasen
und Eichhörnchen, schillernden Eidechsen
und kleinen Waldvögeln zugetragen wurden.
Ein kleines Mäuseabenteuer, das Hedwig
eines Nachts in ihrem Schlafzimmer erlebt
hatte, gab dann wieder Veranlassung zu
einem ganzen Mäusemärchen mit Verlobung,
Hochzeit, Kindtaufe und Begräbniss, das
auf mehreren Blättern gar lustig dargestellt
war. Der Maler hatte einen kleinen Haus-
geist erfunden, welcher den Namen Pumpelchen führte, mit rothem Käppchen und
grauem Röcklein begleitet war, und auf den
Bildern häufig wie lerkehrte. Einmal hatte
die alte Anna eine schöne Vase zerbrochen,

welche noch ein Andenken von Hedwigs
Mutter war. Bergwald nahm heimlich die
Stücke mit und liess sie von einem geschickten
Mann wieder zusammenfügen. Dann stand
sie eines Tages wie unversehrt wieder da,
und ein Blatt steckte darin, welches sie in
halbfertigem Zustande darstellte und Pumpelchen mit einer grossen Brille auf der
Nase war eifrig beschäftigt, sie wieder zusammen zu kitten. Pumpelchen kam als
Begleiter der ersten Früchte des Jahres und
schleppte sie in Körben oder mächtigen
Düten herbei; einmal musste er sogar seinen
Freund Rumpelchen aus dem Nachbarhause
zu Hilfe nehmen, und beide brachten wie
Josua und Kaleb eine riesenhafte Wein-
traube angetragen.

So füllte sich, indess die Jahre ver-
strichen, eine ansehnliche Mappe mit derlei
Bilderchen, und das Kind wuchs zu einer
schönen Jungfrau empor, wie eine seltene
Blume, die von sorglichen Gärtnern behütet
und bewahrt am Ende als ein holdes auf-
geblühtes Wunder den Raum mit neuem

ungekanntem Duft erfüllt. Während sie unbefangen und heiter den Uebergang von
der Kindheit zur Jugend zurücklegte, indess
Körper und Geist immer schöner und anmuthiger erblühten, waren die beiden Männer
zu anderen Empfindungen gelangt, welche
sie jedoch beide sorgfältig vor der unberührten Jugend des Mädchens zu ver-
schliessen bestrebt waren. Jedoch, wer
weiss, wie der erste Funke in ein so junges
Herz springt; es kam eine Zeit, wo es oft
wie ein träumender Glanz in den dunklen
Augen lag, wo die Brust von unverstan-
denen Seufzern sich stärker hob und senkte,
und wie ein leichter Nebelschleier ein heimlich sinnender Ausdruck über ihren Zügen
lag. Noch bot sie unbefangen jeden Morgen
und jeden Abend dem Pflegevater den Mund
zum Kusse dar; noch lehnte sie ahnungslos,
welches Feuer von ihr ausströmte, sich
harmlos an ihn, wenn die Gelegenheit dies
darbot, und noch sass sie, in ein Buch mit
ihm blickend, Seite und Schulter kindlich
anschmiegend bei ihm und wusste nicht, dass

der Mann neben ihr mit starkem Willen den
Wunsch niederhielt, sie an sich zu reissen
und ihren Mund mit heissen Küssen zu be-
decken. Eines Abends waren beide in einer
Vorstellung von Romeo und Julia gewesen.
War es die heisse Gluth, welche aus diesem
Bühnenspiel vulkanisch sich ergiesst, die
solche Wirkung ausübte, oder war es, dass
der Moment gekommen war, da ein Feuer
das andere entzündet, die Blicke beider begegneten sich während der Vorstellung einmal, wie durch eine innere Gewalt; noch
nie hatten diese Menschen sich also angesehen. Nur einige Augenblicke hafteten die
Augen fest ineinander, und doch genügte
dieses kurze Anschauen dem Mädchen, das
plötzlich aufgejagte Blut glühend in die
Wangen zu treiben und dem jungen Körper
mit süssem, ungekanntem Schauer zu durch-
rieseln. Sie sprachen fast nicht mehr an
diesem Abend miteinander und schienen
gänzlich allein ihre Theilnahme dem Schauspiel zu widmen, und als sie nach Hause
fuhren, war trotz des engen Wagens ein

neutraler Luftraum zwischen ihnen, welcher von keiner Seite überschritten ward.

Als Hedwig am andern Morgen in's Zimmer trat, stand Haidau am Fenster und sah sinnend in den Garten hinaus. Er wendete sich, allein kein leichter, elastischer Schritt eilte ihm flüchtig entgegen wie sonst; zögernd blieb Hedwig in der Mitte des Zimmers mit niedergeschlagenen Augen stehn. Haidau ging ihr entgegen, sie erhob die Augenlider und blickte mit sanftem Erröthen verwirrt neben ihm in's Leere. Es war, als stände unsichtbar ein Engel mit feurigem Schwerte zwischen ihnen. Sie gaben sich scheu die Hände und gingen schnell auseinander, jedes aus einem andern Fenster in den Garten blickend, wo nichts zu sehen war.

Es waren mancherlei Erwägungen, welche Haidau veranlassten, diese Gefühle, welche bei ihm langsam und unwiderstehlich erwachsen waren, vor dem jungen Mädchen zu unterdrücken und geheim zu halten. Ausser, dass er fast doppelt so alt war als sie, so widerstrebte es auch seinem ehrlichen

Sinn von dem Vortheil Nutzen zu ziehen, dass Hedwig ausser ihm und Bergwald fast keine jungen Männer kennen gelernt hatte. Er war vierunddreissig Jahre alt geworden, ohne dass ihm die Liebe, einige flüchtige Jugendneigungen abgerechnet, näher getreten war — die Leidenschaft hatte deshalb um so tiefer und nachhaltiger sein Gemüth erfasst, und es handelte sich bei ihm um das Glück des Lebens. Er befand sich in der Lage eines Mannes, der ohne Nachdenken sich in dem Besitze eines kostbaren Schatzes befunden und sich seiner harmlos erfreut hat. Plötzlich aber wird dieser beglückende Besitz angefochten, und es gilt, ihn von neuem zu erwerben oder gänzlich zu verarmen.

Bergwald sah und empfand die Lage des Freundes und verschloss in der tiefsten Brust die eigene Neigung. Er bemerkte die plötzliche Veränderung des Verkehrs zwischen den beiden geliebten Menschen; er sah mit dem scharfen Auge der Liebe, wie die Neigung zu Haidau in Hedwigs Herzen heranwuchs, wie sie im Gespräch stockte, wenn sein Schritt draussen vernehmlich ward, wie sie heimlich an seinen Zügen hing und doch vermied, ihm in die Augen zu sehn, wie sie alles vernahm, was er sprach, wie durch ein Wunder von Scharfhörigkeit, selbst wenn es aus der fernsten Ecke war, und wie plötzliches Erröthen und holde Verwirrung bei den kleinsten Anlässen über sie kam.

Um diese Zeit trat eines Abends spät Bergwald aus dem Garten des Freundes, um in seine Wohnung zurückzukehren. Vorher schon war ihm, als er zufällig eine Weile aus dem Fenster geblickt hatte, bei dem matten Schein der Strassenlaterne eine männliche, in einen Mantel gehüllte Gestalt aufgefallen, welche trotz des novemberlichen Schlackerwetters, ohne zu weichen, sich auf der Strasse hin und her bewegte

und durch die Lücken des mit spärlichem
Herbstlaub bedeckten Buschwerkes seltsame
beobachtende Blicke auf das Haus warf.
Er erinnerte sich, denselben Mann bereits
heute am Tage, als er zu Haidau ging, bemerkt zu haben. Hedwig hatte am Fenster
gestanden und der Mann im langsamen Vor-
übergehen sie mit seinen finstern schwarzen
Augen, die unter halbergrauten Brauen wie
zwei lauernde Höhlenthiere lagen, unver-
wandt angesehen, so dass Hedwig, als sie
es plötzlich bemerkte, fast erschreckt zu-
rücktrat. —

Dieser selbe Mann trat aus dem Schatten
plötzlich auf Bergwald zu und sprach mit
einer Stimme, die einen harten, etwas
fremdländischen Klang hatte: „Verzeihen
Sie, mein Herr, wenn ich Sie anrede —
sind Sie ein Freund des Doktor Haidau?"
Bergwald bejahte verwundert diese Frage.
Der Fremde blickte ihn scheu an und sagte:
„Ich habe mit diesem Herrn in einer be-
sondern Angelegenheit zu verhandeln und
würde sehr dankbar sein, wenn ich eine

Vermittlung fände. Es betrifft das junge Mädchen, welches bei ihm wohnt."

Ein plötzlicher jäher Verdacht durchzuckte Bergwald und schnürte ihm das Herz zusammen, allein er bezwang sich schnell und sagte ruhig: „Womit kann ich dienen?"

Die beiden Männer schritten nebeneinander eine kleine Weile schweigend her; der Fremde zögerte offenbar den Anfang mit seiner Mittheilung zu machen. Endlich sagte er: „Ist Ihnen hier nicht ein Lokal bekannt, woselbst wir uns ungestört besprechen können?"

Der Maler antwortete: „Meine Wohnung befindet sich ganz in der Nähe, es wäre vielleicht der geeignetste Ort." Der Fremde warf einen schnellen, misstrauischen Seitenblick auf seinen Begleiter, jedoch schien sein Vertrauen sogleich wieder zurückgekehrt, und er folgte ihm schweigend.

Bergwald liess den Fremden in das Atelier, welches zugleich als Wohnzimmer diente, eintreten, indem er einen Moment zurückblieb und seinem Diener eine Anweisung ertheilte, welche diesen mit schreckhafter Verwunderung zu erfüllen schien. Dann trat er ebenfalls ein, rollte zwei bequeme alte Lehnsessel und einen kleinen Tisch an den Kamin, welcher von einer dunklen Kohlenglut erfüllt war, warf einen Block frisches Buchenholz auf und fragte, nachdem der Fremde sich gesetzt hatte: „Was wünschen Sie zu trinken? Rothwein, Rheinwein, Erlanger Bier?“

„Wenn ich ohne Umstände ein Glas Warmes haben könnte!“ sagte dieser.

Der Maler ergriff einen bereitstehenden Theekessel und setzte ihn auf die Kohlen. Dann ging er an einen Wandschrank, holte eine Flasche Rum und die nöthigen Gläser herbei.

„Junggeselle?“ fragte der Fremde.

Bergwald nickte.

„Sind gut eingerichtet!“ sagte der andere und begleitete diesen Ausspruch mit einer Art von dumpfem, innerlichen Geräusch, das wahrscheinlich ein beifälliges Lachen vorstellen sollte.

Danach sassen beide eine Weile zurückgelehnt, starrten in die Flamme des Kamins
und schwiegen. Das neu aufgelegte, etwas
feuchte Holz wehrte sich gegen die züngelnde
Flamme, zuweilen knackte und schoss es in
ihm, und manchmal stiess es zischend einen
feinen, weissen Dampfstrahl aus.

„Es betrifft also das Mädchen," sagte
der Fremde endlich. „Ich komme aus Kalifornien. Ich kenne ihren Vater. Er hat
mir einen Auftrag an Sie gegeben."

„Lebt der Vater noch?" fragte Bergwald
rasch. Der Fremde warf ihm einen schnellen
lauernden Blick zu: „Das wollt' ich meinen!"
sagte er dann, „reicher Mann geworden,
schätze ihn auf zwei Millionen Dollars."

„Welcher Art ist Ihr Auftrag?" fragte
der Maler, scheinbar gleichgültig, indem er
anfing den heissen Grog zu mischen.

„Also mein Freund Winter sagte zu mir,"
sprach der Fremde, „Braun, sagte er, du
willst nach Deutschland reisen?" „Jawohl,"
sagte ich, „will mir das alte Nest mal wieder
ansehen, wo ich geboren bin,"

„Verdammt,“ sagte er, ich hätte auch
wohl Lust dazu, aber ich habe da so gute
Freunde bei der Justiz, und ich fürchte, sie
lassen mich nicht wieder fort, wenn ich einmal da bin.“ „Verstehe schon,“ sagte ich,
„geht hier manchem so. Sie sind darin kleinlich in Deutschland.“ „Na, Winter kriegt
mich nun am Knopf zu fassen und sagt:
„Du könntest mir'n grossen Gefallen thun,
Braun, und brauchst das Geld dabei nicht
zu sparen. Ich habe eine Frau und ein
hübsches kleines Mädchen dort zurückge-
lassen. Nach den Erkundigungen, welche
ich habe anstellen lassen, ist die Frau bereits gestorben, aber das Mädchen lebt noch,
es ist mit einem gewissen Doktor Haidau,
der ihr Vormund ist, nach Berlin gezogen.
Weisst du, alter Junge,“ sagte er dann weiter zu mir, „ich bin jetzt reich und werde
alle Tage reicher, aber älter werd' ich auch
und habe niemand um mich, der mir angehört. Siehst du, wenn du nun deine Geschäfte in Deutschland besorgt hast, da
kannst du mal bei dem Doktor Haidau vor-

gehen und ihm in meinem Namen schön danken, dass er sich so viele Mühe gegeben hat und ihn mal fragen, mit wieviel tausend Dollars ihm dafür gedient ist, und dann bringst du meine Tochter mit hierher nach San Francisco.“

Der Fremde lehnte sich in seinen Stuhl zurück und that einen tiefen Zug aus dem dampfenden Glase. Dann nahm er, offenbar an stärkere Rationen gewöhnt, die Rumflasche und füllte es wieder.

Bergwald trank ebenfalls und sagte dann mit scheinbarem Gleichmuth: „Wenn nun aber Herr Doktor Haidau sie nicht hergeben will?“

„Er wird müssen!“ sagte der Fremde; „der Vater hat doch ein Recht auf die Tochter!“

„Wenn nun aber der Vater seine Rechte verscherzt hat?“ sagte Bergwald in eindringlichem Tone.

„Wieso?“ fragte der Fremde verwundert.

„Hat er sie nicht verlassen in zartem Alter und ihr nichts mit auf den Weg gegeben, als die Schande eines gebrandmarkten Namens? Ein fremder Mann hat sich ihrer angenommen, als ihre Mutter starb, und sie erzogen mit Hingebung und Liebe, dass sie schön und rein geworden ist an Geist und Körper. Was hat ihr Vater für sie gethan? Er hat sie in die Welt gesetzt und sie verlassen. Und nun, da er alt wird, und fühlt, dass er einsam ist, da möchte er gern mit Geld erkaufen, was für alle Schätze zu kostbar ist. Fühlen Sie denn nicht, Herr Winter, dass Ihre Rechte verscherzt sind, und dass Sie keinen Anspruch mehr haben?"

Der Fremde fuhr zusammen und wurde todtenblass: „Sie versprechen sich... Braun ... Braun ..," sagte er heiser.

„Glauben Sie, mir gegenüber diese Komödie durchführen zu können?" sagte Bergwald, „ich wusste gleich von Anfang an, wer Sie waren."

Der Mann griff wie unwillkürlich nach seiner Busentasche, allein er zog schnell die Hand wieder zurück und langte nach dem Glase, das noch gefüllt auf dem Tische stand, führte es mit zitternder Hand zum Munde und stürzte den brennenden Inhalt hinab. Dann tastete er unsicher mit den Händen auf der Lehne des Stuhles und sagte, scheu zur Seite blickend: „Sie sind ein so nobler Herr, Sie werden mich nicht verrathen!"

Dieser antwortete nicht, sondern füllte das geleerte Glas des andern, und dann entstand wiederum eine Pause, nur unterbrochen durch das leise Flackern der tanzenden Flammen im Kamin, und ein plötzliches Geräusch, wie das Rücken eines Stuhles draussen vor der Thür. Winter fuhr auf:

„Was war das?" rief er.

„Nur mein Diener!" sagte Bergwald gleichmüthig.

Winter begann nach einer Weile wieder zu sprechen!

„Ich will erzählen, wie es mir ergangen ist. Das Geld, welches ich mitbrachte nach Amerika, war bald verzehrt, und dann wäre ich fast verhungert, wenn ich nicht mit

Strassenfegen meinen Unterhalt verdient
hätte. Später habe ich mit allerlei anderen
Beschäftigungen mein Heil versucht, bin
aber auf keinen grünen Zweig gekommen.
Schliesslich kam das Goldfieber wieder einmal über die Leute, und ich schloss mich
einem Zug an, der in Kalifornien sein Heil
versuchen wollte. Da habe ich denn mit
Goldgraben ein paar Jahre vertrödelt. Es
ist harte Arbeit, Herr, und es kommt
selten ein Goldgräber zu etwas. Meistens
hatte ich nur mein Auskommen, und wenn
es mal einen grösseren Fund gab, da waren
die Spielhäuser und Trinksalons, die ihn
bald wieder verschluckt hatten. Und die
Gesellschaft ist auch nicht nach jedermanns
Geschmack. Wenn es da 'mal zu 'ner
kleinen Meinungsverschiedenheit kommt, da
behält meistens nur der Recht, der seinen
Revolver am schnellsten aus dem Gürtel,
ein scharfes Auge und eine feste Hand hat.
Nachher ging es mit den Silberbergwerken
in Nevada los, und wie gierige Fliegen
strömten die Menschen von allen Seiten

dort zusammen. Nun war ich aber auch mit der Zeit klug geworden und hatte gefunden, dass es nur die Dummen sind, welche bei ihrem mühseligen Schweisse hacken und graben und pochen, und dass es für die Pfiffigen leichtere Arten giebt, schnell Geld zu machen. Ich fing an mit meinen paar hundert Dollars zu spekuliren und Kuxe zu kaufen und zu verkaufen; ich lernte alle Pfiffe und Kniffe kennen, welche dort dem gewiegten Geschäftsmann bekannt sein müssen und baute mein Glück auf die Dummen, welche sich auch als ein solides Fundament erwiesen. Schliesslich, als das erste Fieber nachliess, und der Schwindel anfing ein Ende zu nehmen, ging ich mit dem erworbenen Vermögen nach San Francisco. Man darf nicht penibel sein in Kalifornien, die andern sind es auch nicht — ich hatte nun genug gelernt, um zu wissen, wie es gemacht wird, um sein Vermögen in kurzer Zeit zu vermehren.

Zu Anfang meines Aufenthaltes in dieser Stadt ging ich eines Abends nach Schluss des Geschäftes durch einen Theil der Vorstadt, wo die Häuser in freundlichen Gärten liegen. Da sah ich hübsch angezogene Kinder in den Steigen spielen und sah, wie ein Börsenmakler, welchen ich kannte, von seinem Kontor nach Hause kam, und seine Tochter, ein schönes vierzehnjähriges Mädchen, ihm entgegenlief, und ihn küsste. Ich weiss nicht, wie es kam — mir wurde ganz weichlich zu Muthe, und mir fiel ein, dass ich in Deutschland auch eine kleine Tochter hätte, mit so dunklen Augen und solchen braunen Locken, und fing an zu rechnen und rechnete heraus, dass das Kind in demselben Alter sein müsse, wie diese da. Später kamen mir diese weichlichen Gedanken öfter, und wenn ich junge, hübsche Mädchen sah, da dachte ich immer an meine Tochter, und wenn sie in Seide und Sammet gingen und mit Diamanten um sich blitzten, da dachte ich, das sollte meine Tochter auch haben. Später malte ich mir aus, wie ich ihr eins von den schönen Häusern einrichten wollte, in welchen die reichsten

Leute der Stadt wohnen, mit Goldgeschirr und Silbergeschirr und seidenen Gardinen und überall Knöpfe, wo man nur zu drücken braucht, wenn die Dienerschaft kommen soll. Und alles mit bunten Vasen und Dingerchen und Kästchen, wie es die Weiber lieben, und Papageien in goldenen Bauern und Löwenäffchen und kleine bunte Vögel. Den schönsten Wagen sollte sie haben mit milchweissen Schimmeln und darin fahren, wie die andern reichen Damen und vornehm zurückgelehnt über den Fächer hinwegblicken und alle die Stutzer in den Strassen verrückt machen. Wenn sie einen von diesen haben wollte, so wollte ich ihn ihr geben, den schönsten und elegantesten, der zu finden ist. Oder wenn sie höher hinaus wollte, auf einen Baron oder einen Grafen, die dort zu Lande als Seltenheiten von auswärts bezogen werden — nun in Deutschland laufen ja genug von der Sorte herum, die froh sind, wenn sie eine schöne Frau und ein paar Millionen Dollars dazu kriegen — da hätte ich ihr einen von den ganz ächten, mit

zweiunddreissig Ahnen kommen lassen. Aber
es war noch nicht genug Geld da, und ich
schaffte und raffte weiter, bis es genug war.
Da habe ich mir denn einen Pass auf den
Namen Braun verschafft und bin herge-
kommen, um meine Tochter zu holen."

Während Winter sprach, hatte Bergwald
den Entschluss gefasst, es nun und nimmer
zu dulden, dass der Mann seinen Plan zur
Ausführung bringe. Nach seiner Anschauung hatte er das Recht auf seine Tochter
vollständig verscherzt und konnte es auch
durch diese leichte Art von Reue, die noch
zum grossen Theile eigentlich nur Egoismus
war, nicht wiedergewinnen. Der Gedanke,
dies holde, reine und unschuldige Wesen an
einen Menschen von so niedriger Gesinnung
auszuliefern, schnürte ihm das Herz zusammen. Sollte alle diese seltene Schönheit und Tugend verloren sein, um einen
Menschen, der allezeit gemein gehandelt
hatte, ein Amüsement auf seine alten Tage
zu bereiten? Er beschloss, demgemäss zu
handeln.

„Ich will nicht lange Worte verlieren,“ sagte er, „aus dieser Sache kann nichts werden. Ich verlange von Ihnen, dass Sie morgen Berlin verlassen und unverweilt in Ihre jetzige Heimat zurückkehren.“

Winter sah ihn sprachlos an, sein graugelbes Gesicht war noch fahler geworden, und die ohnehin schon schmalen Lippen seines glattrasirten Mundes schlossen sich fest zusammen, so dass nur noch eine feine Linie zu sehen war. Aber seine scheuen, lauernden Augen zogen sich bald vor dem festen, klaren Blick Bergwalds zurück und starrten ungewiss in die brennende Kohlenglut. Endlich sagte er mit heiserer, gepresster Stimme:

„Sie werden einem Vater nicht die einzige Tochter nehmen wollen, den alleinigen Trost seines Alters.“

„Der Vater hat diesen Trost nicht verdient,“ sagte Bergwald, „und ich werde niemals dulden, dass dieses Mädchen von den reinen, edlen Höhen des Lebens hinabsteigen soll zu den niedrigen Regionen, in deren

Sümpfen und Miasmen ihr Vater allein zu athmen gewohnt ist."

„Ich werde meine Tochter schon zu finden wissen, auch ohne Ihre Beihilfe," sagte Winter trotzig.

„Sie werden keinen Schritt thun, ohne meinen Willen," rief Bergwald, „denn Sie sind in meiner Hand! Sobald Sie auch nur den Versuch einer Annäherung wagen, mache ich dem Gericht die Anzeige von Ihrer Anwesenheit!"

Die Hand des andern war leise wie eine Schlange unter seinen Rock geglitten und tastete dort hastig und heimlich nach einem verborgenen Gegenstand, während die finstern Augen mit tödtlichem Hass auf Bergwald gerichtet waren. Dieser blickte den Gegner kalt und ruhig an, und während er mit den Fingern sanft auf den Tisch trommelte, sagte er leichthin: „Inkommodiren Sie sich nicht, Herr Winter; an der Thür sitzt mein Diener. Er hat in jeder Hand einen sechsläufigen, scharfgeladenen Revolver von Löwe und Co. Er hat Auftrag bei dem geringsten verdächtigen Geräusch sofort in der Thür zu erscheinen. Er hat bei den Scharfschützen gedient, Herr Winter!"

Der also Angeredete hatte sogleich seiner Hand eine andere Wendung gegeben und brachte nun mit einem Grinsen, das wahrscheinlich ein freundliches Lächeln bedeuten sollte, eine grosse, etwas fettige Brieftasche hervor und fing an, eine Tausenddollarnote nach der andern auf den Tisch zu zählen, wobei er jedesmal einen lauernden Blick auf Bergwald warf, der ihm mit kalter Verwunderung zusah. Sodann strich er sie plötzlich alle wieder ein, nahm ein Checkformular hervor und sagte in widerlichem, schmeichlerischem Ton: „Was mache ich denn da? Einem so noblen Herrn darf man nicht mit Kleinigkeiten kommen. Ich werde eine Anweisung geben auf meinen Bankier. Was soll ich schreiben? Zwanzigtausend?" Da Bergwald noch immer kalt und verwundert blickte, fing er an sich zu steigern: „Dreissigtausend? Vierzigtausend?" Nun ward er unruhig und sagte endlich: „Fünfzigtausend! Eine schöne Summe und hier zu Lande ein Vermögen. Sie haben nichts zu thun als sie einzustreichen. Fünfzigtausend Dollars, mein Herr! Es sind rund zweihunderttausend Mark!"

Bergwald nahm das Papier und warf es in den Kamin.

„Es ist genug geredet," sagte er und erhob sich. „Sie kennen meine Meinung von der Sache. Spätestens übermorgen müssen Sie Berlin verlassen und ohne Aufenthalt nach Amerika zurückkehren, sofern Ihnen Ihre Freiheit lieb ist."

Da Winter sah, dass sein bestes Mittel hier nichts verschlug, was ihn mit grosser Verwunderung und mit einer Art von Schrecken erfüllte, so gerieth er in jenen starren und gelähmten Zustand, welcher solche Menschen befällt, wenn sie ihr letztes und sicherstes Hilfsmittel machtlos versagen sehen, wie eine Erbse von einem Panzerschiff abprallt. Er wusste sich nicht mehr zu helfen und fand sich kraftlos einem

Widerstande gegenüber, dessen Motive er nicht verstehen konnte, und dessen Stärke ihm räthselhaft war. Er starrte hilflos eine Weile vor sich hin, griff dann mit zitternder Hand nach dem Glase und trank es leer. Er sandte noch einen scheuen Blick auf die ruhigen, unerbittlichen Augen seines Widersachers und erhob sich schwerfällig. Ein Schauer lief durch seinen Körper, er griff nach seinem nassen Mantel, der auf einem Stuhle lag und zog ihn unbehilflich an. Dann schritt er langsam, ohne ein Wort zu sagen, auf die Thür zu. Bergwald eilte ihm voran, schickte den Diener bei Seite und öffnete dem Manne selber die Hausthür. Ohne einen Gruss und ohne ein Wort zu sagen, trat dieser in den strömenden Regen und in die finstere Nacht hinaus.

Bergwald ging am andern Morgen in das Hotel und erkundigte sich nach dem Herrn Braun. Es hiess, er sei plötzlich erkrankt, und der Arzt sei bei ihm. Wahrscheinlich infolge des nasskalten Novemberwetters, in welchem er gestern noch lange umhergewandert sein musste, denn er war erst gegen zwei Uhr vollständig durchnässt nach Hause gekommen, und befördert durch die heftige Gemüthsbewegung, war eine Krankheit bei ihm ausgebrochen. Der Hotelkellner, welcher zur gewohnten Zeit ihm den Kaffee bringen wollte, fand ihn bei unverschlossener Thür stöhnen l und besinnungslos in feuchten Kleidern auf dem Bette liegen. Der Arzt erklärte gegen Bergwald die Krankheit für nicht ungefährlich, hoffte aber eine baldige Besserung bei Anwendung richtiger Mittel und guter Pflege versprechen zu können. Bergwald, welcher mit dem Wirthe bekannt war, besprach das Nothwendige mit demselben, sorgte alsbald für eine tüchtige Krankenwärterin und beschloss, selber täglich zweimal nach dem Alten zu sehen. Die Krankheit nahm aber gegen die Vermuthung des Arztes einen schlimmen Verlauf; es traten heftige Fieber auf, so dass Bergwald genöthigt war, einen kräftigen Wärter zu miethen, um den wild Phantasirenden in seinem Bette zu halten. Zuweilen hatte er dann lichte Augenblicke, wo er still vor sich hinbrütete oder wenn Bergwald zugegen war, diesen mit dem scheuen Blicke des wilden Thieres verfolgte, das seinen Bändiger zugleich hasst und fürchtet. Schliesslich stellte der Arzt eine Krisis in Aussicht, von deren Verlauf der Ausgang der Krankheit abhängig sein würde; den Eintritt derselben vermochte er jedoch nicht genau zu bestimmen.

Um diese Zeit erhielt Haidau durch einen Hotellaufburschen einen Zettel, auf welchen mit zitternder Hand folgende Worte mit Bleistift geschrieben waren: „Herr Doktor Haidau wird gebeten, mit seiner Mündel Hedwig Winter sobald als möglich zu kommen. Es handelt sich um Tod und Leben." Darunter stand der Name und die Zimmernummer des Hotels.

Haidau, den diese Botschaft mit einem peinlichen Schreck erfüllte, machte sich mit Hedwig, welcher er jedoch von dem Inhalt des Zettels nichts mittheilte, sofort auf den Weg.

Man führte sie in das Zimmer, wo der Fremde lag; Bergwald war nicht zugegen. Winter hatte sich durch Kissen unterstützt im Bett aufrecht setzen lassen, er sah schwach und hinfällig aus, und in seinen Augen war es wie ein Glanz, der im Begriff ist zu erlöschen. Als Hedwig eintrat, leuchteten wie durch ein Wunder diese Augen noch einmal auf, und ein milder Schein verklärte die unschönen zerstörten Züge: „Meine Tochter!" sagte er mit schwacher Stimme, indem er versuchte, die kraftlosen Arme auszustrecken. Sie sah mit den grossen dunklen Augen den Kranken mit ängstlicher Verwunderung an und dann fragend zu Haidau empor.

„Es ist Dein Vater," sagte dieser fast tonlos.

Das junge Mädchen überkam eine seltsame Verwirrung. Sie hatte ihren Vater kaum gekannt und hatte sich gewöhnt, an ihn als einen Todten zu denken. Nun sah sie vor sich einen bleichen, leidensvollen Mann, welcher sie mit dem Tochternamen anredete, als sei er aus dem Reich des Todes noch einmal zurückgekehrt, nur um ihr die Hand zum Abschied zu reichen.

Sie schritt auf das Bett zu, kniete nieder, ergriff die abgezehrte Hand des Sterbenden und schaute in die unbekannten Augen desjenigen Mannes, der ihr auf Erden am nächsten stehen sollte. „Vater," sagte sie mit leiser Stimme. Der Kranke hob das zurückgesunkene Haupt empor wie erfrischt von dem Klange dieses Wortes.

„Ich gehe nun fort," sagte er, „weiter

weg als der andere meinte .... weiter weg, woher ich nicht wiederkommen kann. Ich mach' es gründlich ab."

Sie beugte sich nieder, und ihre Thränen fielen auf seine Hand.

„Ich wollte Dich mit mir nehmen, aber der andere hat's nicht gewollt. Er ist fort. Er soll jetzt nicht kommen. Ich fürchte mich vor ihm."

Hedwig verstand natürlich diese Reden nicht.

„Du sollst wieder gesund werden, Vater." sagte sie, „ich will Dich pflegen!"

Er schüttelte leise den Kopf: „Ich habe genug," sagte er und sank machtlos wieder zurück. Dann kam es wie ein Traum über ihn, in seine Augen trat ein seltsamer Glanz, indess sie in die Leere hinausblickten. Er fing an, abgerissen vor sich hinzureden: „Das schöne Haus — kein schöneres in der ganzen Strasse .... der Thürklopfer blitzt wie Gold .... Wir wollen anpochen .... Bum, Bum, Bum .... Aha, es wird geöffnet .... Sehr schön: Goldgeschirr und Silber·

geschirr und seidene Gardinen . . . . Wie
das blitzt . . . . Es duftet so süss . . . . Ah,
meine Tochter . . . . Schneeweisse Seide
mit ächten Perlen . . . . Es ist nur das Haus-
kleid . . . . wir haben noch schönere . . . .
zehn Schränke voll . . . . Was stampft und
schnaubt da draussen? . . . . Es sind die
Schimmel . . . . Milchweiss und ohne Fehler
. . . . Nun fahren wir . . . . Wie sie gaffen
. . . . Ja, es ist meine Tochter . . . . Willst
Du einen davon haben? . . . . Den blonden
mit den Augengläsern und dem langen
Schnurrbart . . . . Ja, heirathen musst Du
. . . . ja gewiss . . . . es müssen Enkel kommen! . . . . Du kleiner Schwarzkopf, wie
heisst Du? . . . . Gustav? . . . . wie Dein
Grossvater . . . . Komm, Du sollst reiten!
. . . . Du willst fort? . . . . O bleib!

Er starrte in die Luft hinaus, als sähe
er jemand in der Ferne entschwinden. Dann
wendete er sein Gesicht und sah Hedwig
an seinem Bette knieen und Haidau neben
ihr auf einem Stuhle sitzen. Eine seltsame
Erleuchtung ging über sein Antlitz; er

raffte sich mit letzter Kraft auf, ergriff die Hände der beiden und legte sie ineinander. Dann nickte er ein paar mal heftig und sank mit einem pfeifenden Laut in die Kissen zurück.

Es war todtenstill im Zimmer; man vernahm nur das Ticken der Taschenuhr die auf dem Tische stand, und das leise Schluchzen Hedwigs, welche ihr Gesicht in die Kissen gedrückt hatte. Endlich trat die Krankenwärterin hinzu und drückte dem still Dahingestreckten geschäftsmässig die Augen zu. „Es ist vorbei!" sagte sie.

Haidau wurde nachträglich durch Bergwald über den Zusammenhang dieser Vorgänge aufgeklärt und vermochte seine Handlungsweise zu verstehen, während Hedwig, als sie alles erfuhr, vor einem dunklen Räthsel zu stehen glaubte und einen innern Schauder vor Bergwald empfand, welchen sie

nicht zu überwinden vermochte. Dieser
ordnete nach diesem Ausgang der Sache
seine Angelegenheiten und verschwand aus
Berlin, um sich bald darauf einer natur-
wissenschaftlichen Forschungs-Reise anzu-
schliessen.

Haidau verheirathete sich nach einiger
Zeit mit Hedwig Winter; an das kleine
Haus in der Vorstadt sind jetzt neue Räume
angebaut, und in den Steigen des hübschen
Gartens erschallt an schönen Tagen zuweilen das Gekrähe eines kleinen Welt-
bürgers, der auf dem Arm der Amme zappelt
und auf den Namen Gustav hört.

Gar Vieles mildert die Zeit. Es ist ge-
gründete Aussicht vorhanden, dass auch in
Hedwigs Herzen die Empfindungen sich
mildern, welche es einst gegen Bergwald
erfüllten, und dass noch einmal eine Zeit
kommt, wo dieser den kleinen Gustav auf
den Knieen schaukelt, und alles vergessen
und vergeben ist.

ROTHKEHLCHEN.

Herr Dusedann war zweiunddreissig Jahre alt und im besten Begriff ein Junggeselle zu werden. Er besass grosse Reichthümer und obgleich er aus diesem Grunde keinen bestimmten Beruf erwählt hatte, so waren seine Tage dennoch dermassen mit Thätigkeit und Arbeit angefüllt, dass er zu Heirathsgedanken gar keine Zeit fand. Daran war aber seine grosse Sammelleidenschaft schuld, und ein ihm innewohnender Drang, Alles ins Gründliche zu treiben. Verwandte besass er keine mehr, ausser seiner etwas altmodischen Tante Salome, welche stets eine schneeweisse Haube und hellblonde Seitenlöckchen trug und von einer ewigen Unruhe erfüllt war. Trotz ihres Alters war sie sehr flink auf den Beinen und klimperte den ganzen Tag mit ihrem Schlüsselbund treppauf treppab vom Boden in den Keller, von der Küche in die Kammer. Dann sass sie plötzlich wieder in ihrem sauberen Zimmer und nähte, aber ehe man es sich versah, hatte sie Hut und Mantel angethan und war fort in die Stadt, hetzte die Verkäufer in den Läden, dass sie nur so flogen, und war mit einer merkwürdigen Geschwindigkeit aus den entferntesten Gegenden wieder zurück. Sie konnte laufen wie die Jüngste und betrieb dies auch in solchen Momenten, wo im Drange der Geschäfte ihr solches nothwendig erschien. Es war dann seltsam zu sehen, wie die alte Dame den Korridor entlang huschte, dass die Löckchen flogen oder wenn sie mit flinken Füssen die Treppe hinabschnurrte.

Sie achtete alle Neigungen und Liebhabereien ihres Neffen wie Heiligthümer, sie kannte alle seine Lieblingsgerichte und kochte

sie in anmuthiger Abwechslung, sie schob
unter alles eine Gewohnheiten und Wünsche
sanfte Kissen der Zuvorkommenheit, kurz
Herr Dusedann hätte sich in dieser Hinsicht wie im Himmel fühlen müssen, wenn
er nicht von Jugend auf daran gewöhnt gewesen wäre, und desshalb solchen Zustand
für selbstverständlich hielt. Da nun alle
Unzuträglichkeiten des Junggesellenstandes
für ihn wegfielen, seine mannigfaltigen Liebhabereien ihn mehr als genügend beschäf-
tigten und ausserdem eine angeborne Schüchternheit ihn den Verkehr mit dem weiblichen Geschlechte meiden liess, so ist es
nicht zu verwundern, dass Herr Dusedann
sich ganz wohl fühlte und nicht im min-
desten daraufverfiel, eine Veränderung dieses
Zustandes anzustreben.

Seine Lust, alle möglichen Dinge zu betreiben und zu sammeln, hatte sich erst
herausgebildet, als er von der Universität
zurückgekehrt war und nun gar nicht
wusste, was er mit der vielen Zeit in seinem
grossen Hause anfangen sollte. Zuerst

verfiel er auf allerlei schrullenhafte Dinge. So legte er unter anderem eine Sammlung von Porzellan-Hunden an und brachte es in Kurzem auf 193 Stück verschiedener Exemplare. Sie wurden auf einer pyramidenförmigen Etagere systematisch geordnet und boten einen Anblick dar, der ebenso komisch als seltsam war. Hierdurch ward er auf die Thatsache hingeführt, dass es in Porzellan noch manche andere Dinge giebt, welche nicht zu verachten sind, dass Majolika-Geräthe besonders geeignet erscheinen, die Begier eines Sammlers zu entzünden und alte venetianische Glaswaaren eine geradezu dämonische Anziehung auszuüben im Stande sind. So füllte sich allmählich sein Haus mit einer Unzahl von sonderbaren Geräthschaften, Tellern, Krügen, Tassen und Gläsern, aus welchen Niemand jemals ass oder trank und deren einziger Reiz oft nur darin bestand, dass ein Anderer sie nicht hatte.

Jedoch diese Dinge mussten untergebracht werden und die Schränke, in welchen diese geschah, die Möbel, auf welchen sie standen, mussten im Einklang mit diesen Zeugen einer untergegangenen Kultur sich befinden. So befiel ihn zu alledem ein Fanatismus für alte Möbel, gebauchte Komoden, braun und gelb eingelegt und mit Messingbeschlägen verziert, riesige altersbraune Wandschränke mit ungeheuren Ausladungen und Gesimsen und einer Geräumigkeit, dass man darin spazieren gehen konnte, seltsame Schreibsekretäre mit bunten eingelegten Blumen verziert und ausgestattet mit einem komplizirten System von Schiebladen, Schränken und Geheimfächern und allerlei spasshaften Ueberraschungen.

Zu alledem gesellten sich allmählich grosse Mappen mit Kupferstichen angefüllt, seltene Bücher, Münzen, Holzschnitzereien, Bernstein- und Perlmutter-Arbeiten, Kuriositäten aller Art, seltene Erzstufen und Krystalldrusen, japanische und chinesische Lack-, Email- und Bronze-Waaren, so dass sein Haus und sein Zimmer schliesslich mit all diesen Dingen so gespickt und

besetzt war, wie ein alter Ostindienfahrer
mit Scemuscheln.

Demnach geschah aber etwas, das seiner
Lust am Sammeln und Hegen eine neue
Wendung gab. Er besuchte zufällig eine
Ausstellung von lebenden Vögeln, nahm
einige Loose und hatte das Schicksal, ein
Paar Sonnenvögel zu gewinnen. Diese anmuthigen und reizvollen Thiere, welche
Schönheit des Aussehens, drolliges Benehmen
und herrlichen Gesang mit einander vereinen,
machten einen tiefen Eindruck auf ihn und
erweckten Appetit nach mehr. Er suchte
sofort die Bekanntschaft eines stadtbekannten
Vogelliebhabers und stürzte sich mit Feuer-
eifer auf die Erlernung dieser ihm ganz
neuen Dinge. Im Umsehen hatte er auf
sämmtliche Fachzeitschriften abonnirt und
eine Anzahl von Werken über Vogelkunde
erworben. Es gelang ihm sogar, für eine
Menge Geld sich in den Besitz von Johann
Andreas Naumann's Naturgeschichte der
Vögel Deutschlands zu setzen, jenes seltenen
und grossartigen Werkes, das in der Lite-

ratur aller Völker seines Gleichen sucht. Es war ihm, als sei er nun erst hinter das Wahre und Richtige gekommen, und diese ganz neue Leidenschaft hatten die zwei kleinen chinesischen Piepvögel angerichtet.

Nach Anweisung jenes Vogelkundigen richtete er ein schönes sonniges Zimmer seines Hauses zur Vogelstube ein, die mit Springbrunnen und Teich und rieselndem Gewässer ausgestattet, an den Wänden mit Borke und alten Baumstämmen bekleidet und mit Nistkästen und Futtergeschirren der neuesten und besten Konstruktion versehen war. Unter grossen Kosten ward dieser Raum stets mit neuen lebenden Gesträuchen und Tannenbäumen versehen. Zugleich liess er einen Schrank bauen von weichem Holz mit unzähligen Schiebladen versehen und aussen gar anmuthig mit gemalten Vögeln und deren Futterpflanzen verziert. Die Schiebladen wurden mit entsprechenden sauberen Inschriften versehen und gefüllt mit Kanariensamen, Hanf, Hirse, Sonnenblumen-

kernen, Haselnüssen, Mohnsamen und was
sonst zum Vogelfutter dient, als da sind getrocknete Hollunder- und Ebereschbeeren,
kondensirtes Eigelb, Eierbrot und solcherlei
mehr. An den Seiten des Schrankes aber
hingen in sauberen Säcken Ameisenpuppen
und getrocknete Eintagsfliegen, während oben
drauf sechs grosse mit Flor verbundene Häfen
prangten, in welche er zwei Pfund Mehl-
würmer zur Zucht eingesetzt hatte.

Nachdem alle diese Vorbereitungen ge-
troffen waren und er die Vogelstube mit einer
reichen Anzahl von in- und ausländischen
Thierchen besetzt hatte, war ihm ein Feld
zu reichlicher und dauernder Thätigkeit eröffnet. Wie nun bei allen solchen Liebhabereien Eins das Andere mit sich bringt,
so ging es auch hier und Herr Dusedann
suchte bald seinen Ehrgeiz darin, die schwie-
rigsten und seltensten Vögel in Gefangen-
schaft zu halten. Bald hatte er ausser seiner
Vogelstube ein ungeheures Flugbauer in
einem anderen Zimmer aufgestellt. Darin
befanden sich alle vier einheimischen Laub-

vogelarten, Goldhähnchen, Schwanzmeisen,
Bartmeisen, Baumläufer, Zaunkönige, kleine
Fliegenschnäpper und andere zärtliche Vögel, welche viel Aufmerksamkeit und Wartung erfordern. In demselben Zimmer flogen
zwei Eisvögel umher, welche in einem grossen
Wasserbassin alltäglich eine grosse Menge
von lebenden kleinen Fischen erhielten. Hier
konnte er manche Stunde sitzen und diesen
schnurrigen, schön gefärbten und metallisch
glänzenden Vögeln zusehen wie sie von ihrem
Beobachtungsaste aus plötzlich kopfüber ins
Wasser plumpten und jedesmal mit einem
Fischlein im Schnabel auf ihren Sitz zurück-
kehrten. Wie sie dann den Fang hin und
her warfen bis er mundgerecht lag und ihn
unter mächtigem Schlucken hinabwürgten.
Wie sie dann eine Weile geduckt und mit
ein wenig gesträubten Federn dasassen, als
sei diese ganze Angelegenheit eine verdriessliche und nachdenkliche Sache und mehr
Geschäft als Vergnügen.

Im Laufe der Zeit ward diese Menagerie
immer grösser und reichhaltiger und ihre

Wartung, Beobachtung und Pflege verschlang alle Zeit, welche Herrn Dusedann so reichlich zur Verfügung stand.

Da geschah es, dass sich seine Wünsche auf den Besitz eines sprechenden Graupapageien richteten und er sich das Glück, ein solches Thier sein eigen zu nennen, mit den glänzendsten Farben ausmalte. Natürlich sollte es ein Genie sein, keines von jenen Thieren mit mangelhafter Schulbildung, welche mit: „Wie heisst du," „Papa," und „eins, zwei, drei, Hurrah!" ihren ganzen Sprachschatz erschöpft haben. Nun erfuhr Herr Dusedann durch einen Vogelhändler, dass in der Stadt ein alter pensionirter Beamter lebe, der einen wunderbaren Papagei „klüger als ein Mensch" besitze, und nachdem er sich Vieles von den Künsten dieses Wundervogels hatte erzählen lassen, empfand er deutlich, das Leben würde seines schönsten Reizes beraubt sein, wenn er diesen Vogel nicht sein eigen nennen dürfe. Da er von dem Händler hörte, dass der Beamte nicht in den besten Verhältnissen lebe, da er gelähmt sei und von seiner geringen Pension drei Töchter zu erhalten habe, und in Folge dessen wohl geneigt sein dürfte, gegen ein gutes Gebot den Vogel zu verkaufen, so steckte Herr Dusedann eines Tages sein Portemonnaie voll Goldstücke und machte sich auf, den Beamten, welcher Roland hiess, zu besuchen. Dieser wohnte in einem ärmlichen Hause in der Vorstadt, in einer Gegend wo die Strassen schon anfangen, häuserlos zu werden. Als Herr Dusedann an die Thür klopfte, rief eine etwas schnarrende Stimme: „Herein!" und er trat in ein ärmliches aber freundliches Zimmer. Gegenüber der Thür auf einem alten vielbenutzten Sopha lag ein Mann von einigen fünfzig Jahren mit blassen aber freundlichen Gesichtszügen und vor ihm auf dem Tische stand ein grosses Drahtbauer mit dem erwünschten Vogel.

„Guten Morgen," sagte der Papagei.

Herr Dusedann erwiederte diese Höflichkeit und stellte sich dann dem Herrn Roland vor.

„Bitte, nehmen Sie Platz,“ sagte der Papagei.

Herr Roland lächelte: „Der Vogel nimmt mir die Worte aus dem Munde,“ sagte er dann, „womit kann ich dienen?“

Herr Dusedann setzte sich, räusperte sich ein wenig und indem er seine Augen auf den Papagei richtete, der eine dämonische Anziehungskraft auf ihn ausübte, sagte er:

„Ich bin ein grosser Vogelliebhaber, Herr Roland. Ich habe von Ihrem ausserordentlichen Papagei gehört und bin gekommen, Sie um die Erlaubniss zu bitten, die Bekanntschaft dieses Vogels zu machen.“

„Siehst Du, wie Du bist?“ sagte der Papagei. Dann ging er seitwärts auf seiner Sitzstange entlang, verbeugte sich ein paar Mal, sah ungemein pfiffig aus und sagte: „Oooh!“

„Ein doller Vogel!“ rief Herr Dusedann mit dem Ausdruck der innigsten Bewunderung und zugleich quälte ihn der beängstigende Gedanke, ob er auch wohl genug Goldstücke in sein Portemonnaie gesteckt habe.

„O er kann noch viel mehr!“ sagte Herr Roland und betrachtete seinen Liebling mit leuchtenden Augen. Der Papagei, wie um dies zu bestätigen, fing an zu singen: „Kommt ein Vogel geflogen, setzt sich nieder auf mein Fuss!“ Dann krähte er wie ein Hahn, gackerte wie eine Henne und bellte so ausgezeichnet, dass der talentvollste Hund noch hätte von ihm lernen können. Mit diesen Leistungen schien er selber zufrieden zu sein, denn er brach scheinbar vor Entzücken in ein ungeheures Gelächter aus.

„Kolossal!“ rief Herr Dusedann. Da nun ein Augenblick der Stille eintrat, indem sich der Vogel mit seinem Futternapf beschäftigte, hörte man eine anmuthige Mädchenstimme im Nebenzimmer singen, so wie man bei der Arbeit vor sich hinsingt. Obgleich Herrn Dusedanns Aufmerksamkeit durch den Papagei sehr in Anspruch ge-

nommen war, bemerkte er dies doch, und
durch eine Ideenverbindung fiel ihm seine
Vogelstube ein, wenn das Abendroth seitwärts hineinschien, in den dämmerigen
Ecken die kleinen Vögel fast alle schon
schliefen, und nur noch ein Rothkehlchen
sein träumerisch liebliches Abendlied sang.
Er horchte eine Weile auf die anmuthige
Stimme. „Ganz wie ein Rothkehlchen,“
dachte er.

Der Papagei war ebenfalls aufmerksam
geworden, er sträubte die Kopffedern und
sprach mit sanftem Ausdruck: „Wendula!
Wendula Roland!“ Dann wanderte er wieder seitwärts, verbeugte sich ein paarmal
und sagte wieder: „Oooh!“

„Er meint meine Tochter,“ sprach der
Alte, „er hört sie singen.“

Herr Dusedann war durch und durch be-
geistert für diesen Vogel. Er fasste Muth,
tastete heimlich nach der wohlgefüllten Rundung seines Portemonnaies und sagte: „Sie
wissen, Herr Roland, ich bin ein Vogelliebhaber. Ich habe hundertunddreizehn Vögel

zu Hause. Es ist mein höchster Wunsch auch einen so gelehrige Papagei zu besitzen. Sie verzeihen deshalb meine Anfrage. Es könnte ja sein, dass . . . . und, wenn es wäre . . . . auf den Preis sollte es mir nicht ankommen . . . ." Herr Dusedann sah den Alten erblassen und dies verwirrte seine Rede.

. . . . „Der Händler sagte vierhundert Mark," fuhr er fort . . . . „dies hätte man schon öfters bezahlt . . . . Aber, wenn Sie nicht wollen . . . . . fünfhundert würde ich geben."

Es erleichterte ihn sichtlich, dass er dies Angebot los war; der Papagei aber sang: „O du lieber Augustin, Alles ist weg, weg, weg!" schwang sich in seinen Ring und schaukelte sich, dass das Bauer bebte.

Der Alte sah auf ihn hin. „Das ist ein schönes Stück Geld," sagte er, und seine Stimme klang etwas heiser, „allein der Vogel gehört meiner Tochter, er ist ein Andenken von meinem einzigen Sohne, der in der See ertrunken ist." Dann rief er: „Wendula!"

Die Thür des Nebenzimmers öffnete sich,

und ein junges Mädchen von etwa achtzehn Jahren trat herein. Ihre Gestalt war mittelgross und von jener schlanken, elastischen Fülle, die zugleich den Eindruck von Zartheit und Kraft hervorbringt. Sie trug ein olivenbraunes Kleid und ein rothes Tüchlein, das den oberen Theil der Brust bedeckte. Sie sah mit grossen dunklen Augen etwas verwundert auf den Fremden hin. „Wendula,“ sagte der Papagei, „Wendula Roland!“

„Wie ein Rothkehlchen,“ dachte Herr Dusedann unwillkürlich wieder.

Der Alte sprach jetzt: „Dies ist Herr Dusedann. Er wünscht Deinen Papagei zu kaufen. Er will sehr viel Geld dafür geben — fünfhundert Mark. Du kannst über Dein Eigenthum frei verfügen und ich will Dich nicht beeinflussen.“

Das junge Mädchen sah auf ihren Vater, auf den Papagei und dann auf Herrn Dusedann. Sie besann sich einen Augenblick, öffnete dann die Thür, deren Drücker sie noch in der Hand hielt, sprach mit einer kurzen Handbewegung: „Ich bitte“ und ging in ihr Zimmer zurück. Herr Dusedann folgte ihr. Sie schloss die Thür sorgfältig, schaute dann dem jungen Mann mit den grossen dunklen Augen gerade ins Gesicht und schüttelte ein wenig den Kopf.

„Es geht nicht," sagte sie dann eindrücklich, „es geht wirklich nicht."

Herr Dusedann wollte etwas sagen; er wusste nur durchaus nicht was.

Dann fuhr sie fort: „Der Vater hängt zu sehr an dem Vogel. Wenn die Schwestern in der Schule sind und ich in der Wirthschaft zu thun habe, da ist er oft lange allein. Er kann ja nur ganz wenig an seinem Stocke gehen und kommt nie aus dem Hause. Da liegt er dann auf seinem Sopha und spricht mit dem Vogel und lehrt ihm neue Künste. Ach, der ist ja so klug und wird alle Tage klüger — es ist manchmal ganz unheimlich, was der für einen Verstand hat."

Sie sah Herrn Dusedann noch einmal eindrücklich an, nickte ein wenig und fuhr dann fort! „Nicht wahr, Sie sehen das ein? Alle Tage würde sich der Vater nach dem

Vogel sehnen, und er hat ja so wenig vom Leben."

Es war sonderbar, Herr Dusedann hatte nicht mehr die geringste Lust, den Papagei zu kaufen, ja es kam ihm fast wie eine Art von schwarzherziger Abscheulichkeit vor, dass er jemals eine solche Absicht hatte hegen können.

„O gewiss . . . natürlich . . . jawohl . . . durchaus!" stotterte er, denn das junge Mädchen, das so frei und schlank vor ihm stand und ihm so grade in die Augen sah flösste ihm jene Verwirrung ein, welche ihn stets jungen Mädchen gegenüber befiel, zumal wenn sie hübsch und anmuthig waren. Aber diese Empfindung war sehr stark mit Wohlgefallen gemischt. Herzhafter setzte er dann hinzu: „Ich würde ihn nie kaufen! nie!"

Sie lächelte ein ganz klein wenig, es war wie ein Sonnenlicht, das durch eine Lücke windbewegter Zweige flüchtig über eine Rose gleitet. Dann hielt sie ihm die Hand hin und sagte: „Gut, nun ist es abgemacht!"

In diese warme Mädchenhand einzuschlagen, war ein gefährliches Unternehmen, allein es gelang über Erwarten gut und durchrieselte Herrn Dusedann gar angenehm bis ins Herz hinein. Dann gingen sie wieder zu dem Alten hinein, welcher sichtlich erfreut war, als er das Resultat der Verhandlungen erfuhr. Der Papagei, als der Held des Tages, ward nun aus seinem Bauer hervorgenommen und setzte sich auf Wendulas Finger. Er musste „Küsschen geben", zuerst dem jungen Mädchen, dann Herrn Dusedann, was wiederum eine verfängliche Sache war. Dann sträubte er die Nackenfedern und bat: „Köpfchen krauen!" dann sang er: „Ich bin der kleine Postillion", und blies überaus schön ein Postsignal, dann weinte er wie ein kleines Kind, hustete wie ein alter Zittergreis und entwickelte alle seine sonstigen Talente — mit einem Wort, er war entzückend. Herr Dusedann lebte ganz auf und verlor seine Schüchternheit, ihm gelangen zu seiner eigenen Verwunderung die schönsten zusammenhängenden

Sätze und beim Abschied sprach er in wohlgesetzten Worten die Bitte aus, seinen Besuch wiederholen zu dürfen, um diesen ausserordentlich gelehrten Papagei noch einmal bewundern zu können. Dies ward ihm in Gnaden gewährt

Herr Dusedann, was ist mit Ihnen vorgegangen? Weshalb schauen Sie zuweilen so nachdenklich in die Wolken und so tiefsinnig in den Himmel, als wollten Sie die Geheimnisse des Weltalls ergründen? Weshalb, im Gegensatz dazu, sind Sie dann wiederum so lustig und trillern allerlei Liederchen und hüpfen sogar in zierlichen Bocksprüngen, obgleich Sie doch sonst so gesetzt und ebenmässig einhergingen. Woher kommt Ihr plötzliches intensives Interesse für Sylvia rubecula, Lath. auf Deutsch Rothkehlchen genannt, da Sie doch sonst für diesen Sänger keine übermässige Vorliebe verriethen. Was soll man dazu sagen, dass Sie alle die anderen zierlichen Thierchen in Ihrer Vogelstube kaum eines Blickes würdigen und nur diesem einen Rothkehlchen mit fast verliebten Blicken nachfolgen. Sind denn die Sonnenvögel weniger anmuthig, die Sperlingspapageien nicht so drollig und die vielen kleinen afrikanischen Finken nicht ebenso niedlich als sonst? Was hat Ihnen das Blaukehlchen gethan, dass Sie es ga nicht mehr beachten, wenn es im Sonnenschein auf dem Bauche im Sande liegt und sein seltsam liebliches Liedchen ableiert? Was soll es bedeuten, dass Sie alle Tage Ihre Spaziergänge in jene armselige Vorstadt richten und dann auf die Chausee hinauslaufen, wo es nichts zu sehen giebt als Pappeln und winterlich öde Sandfelder? Wenn Sie dann an einem gewissen Hause vorbeikommen, weshalb schleichen Sie denn wie ein Verbrecher daher, und wagen kaum hinzusehen? Wissen Sie wohl noch, was neulich passirt ist an jenem sonnigklaren

Dezemberfrosttage, als die Welt so frisch und jungfräulich im ersten Dauerschnee dalag? Dieser freudige kalte Tag musste wohl Ihren Muth befördert haben, denn Sie wagten es mit grosser Kühnheit nach dem Fenster des bewussten Hauses zu blicken, aber als Sie dort ein junges schlankes Mädchen bemerkten, das mit grossen dunklen Augen auf Sie hinschaute, da wurden Sie roth wie eine Purpurrose und zogen sehr tief Ihren Hut ab, während das Mädchen sich freundlich verneigte und auch, wohl im Widerschein Ihres Antlitzes, ein wenig anglühte. Sie liefen dann wieder auf die öde Chaussee hinaus und geruhten, sich ein wenig närrisch zu benehmen, absonderlich wieder erklecklich zu hüpfen und allerlei Poesieverse in den Wintertag hinein zu deklamiren. Dero Gedanken waren unbedingt an einem anderen Orte, denn Sie bemerkten weder den grossen grauen Würger Lanius excubitor L., welcher im Sonnenschein auf dem Pappelwipfel sass, noch die Eisvögel Alcedo ispida L., welche an dem noch nicht

zugefrorenen Bach mit Fischfang sich er-
lustirend, in der Sonne wie Edelsteine
glänzten. Obgleich doch solcherlei Schauspiel sonsten von Ihnen mit besonderem
Wohlgefallen betrachtet wurde, Herr Dusedann! Sie werden sich erinnern, dass Sie
späterhin auf der Chausee noch andere
Merkwürdigkeiten trieben, absonderlich, dass
Sie plötzlich in grossen Schreck geriethen,
indem Sie sich bewusst wurden ganz laut
einen Namen in den schneeglänzenden Wintertag hinausgerufen zu haben, und zwar
lautete dieser: „Wendula! — Wendula Roland!" — Was soll man davon denken,
Herr Dusedann? Sie sahen sich zwar sofort
erschrocken um und beruhigten sich erst,
als Sie bemerkten, dass auf der ganzen
weiten Chaussee kein Mensch zu sehen war.
Sie suchten sich einzureden, nur die Liebe
zum Wohlklange habe Sie veranlasst, diesen
melodischen Namen auszurufen, aber ob Sie
sich dieses geglaubt haben, ist noch sehr
die Frage.

Ja, es war eine merkwürdige Veränderung

mit Herrn Dusedann vorgegangen. Acht Tage lang hielt er es aus, ohne den Anblick des wunderbaren Papagei's zu leben, dann trieb es ihn mit magnetischer Gewalt, sich wieder nach ihm umzusehen. Das nächste Mal konnte er diese Sehnsucht nur noch drei Tage lang unterdrücken und dann stellte er sich ein um den andern Tag ein, so dass er binnen Kurzem im Hause Roland eine bekannte Erscheinung ward. Auch eine beliebte. Der Alte freute sich, Jemand zu haben, mit dem er plaudern konnte, die beiden jüngeren Töchter Susanne und Regina fanden einen harmlosen Spielgefährten in ihm, dessen Taschen allerlei Süssigkeiten bargen, und Wendula — ja wer wollte das ergründen, was in der Tiefe ihrer dunklen Augen verborgen lag. Aber das muss gesagt werden, dass sie heller aufleuchteten, wenn die Thürglocke erklang und der bekannte Schritt auf dem Gange hörbar ward. Als bemerkenswerth muss auch verzeichnet werden, dass Herr Dusedann, der bekanntlich doch nur kam, um den Papagei zu sehen, zuweilen nach längerem Aufenthalt wieder fort ging, ohne ihm mehr als einen halben Blick geschenkt zu haben, eine Inkonsequenz, die aus den sonstigen Charaktereigenschaften dieses jungen Mannes nicht genügend erklärt werden kann.

Da die Weihnachtszeit herannahte, so waren auch in diesem Hause vielerlei Geheimnisse im Gange, und Herr Dusedann genoss das ehrenvolle Vertrauen, von allen drei Mädchen in ihre verschiedenen Unternehmungen eingeweiht zu werden, so dass ihm als einem Weihnachts-Beichtvater das ganze Gewebe gegenseitiger Ueberraschungen klar vor Augen lag. Diese Dinge rührten ihn und gefielen ihm gar wohl, zumal er seine Eltern früh verloren hatte und einsam ohne Geschwister aufgewachsen war. Dies Alles berührte ihn als etwas Neues und seltsam Liebliches, und zum ersten Mal in seinem Leben ward ihm klar, dass er in seiner Kindheit trotz allen Ueberflusses doch Vieles entbehrt habe, das kein Reichthum schaffen kann.

Es kam einmal zur Sprache, dass er dieses

Fest noch niemals in Gegenwart von Kindern gefeiert habe, immer nur, so lange er denken konnte, mit der alten Tante Salome am Abend des ersten Weihnachtstages. Diese zierte dann einen Tannenbaum auf mit allerlei dauerhaften Schmuckdingen, welche sie sorgfältig in einer Schieblade aufhob, und deren manche noch aus seiner Kinderzeit stammten. Den Grundstock ihrer Bescheerung bildeten stets sechs Paar selbstgestrickte Strümpfe und darum gruppirten sich einige werthlose Kleinigkeiten, „denn was soll ich Dir schenken, mein Junge,“ sagte sie, „Du hast ja Alles!“ Dazu hatte sie aber stets nach alten geheimnissvollen Familienrezepten eine Unzahl der verschiedensten Kuchen gebacken, welche keins von Beiden ass und die später so allmählich fortgeschenkt wurden. Herrn Dusedanns Gegengeschenk bestand jedoch, seit er mündig war, stets aus einem Schächtelchen mit Goldstücken, welche Tante Salome in ihre Sparbüchse that. Nach der Bescheerung gab es Karpfen zum Abendessen, und Herr Dusedann braute dazu aus einer

Flasche Burgunder, einer Flasche Portwein und ein wenig echtem Jamaika-Rum einen Punsch, worin sich Tante Salome regelmässig einen kleinen Spitz trank. Darnach wurde feierlich zu Bette gegangen und die Sache war erledigt.

Wie es kam, ist nicht mehr mit Genauigkeit festzustellen, allein, als man über diese Dinge redete und Herr Dusedann zwischendurch den Wunsch äusserte, dies Fest einmal in Gemeinschaft mit Kindern zu feiern, da war er, ehe man sich's versah, eingeladen. Dies ging insofern ganz gut, als die Familie Roland das Fest am heiligen Abend feierte, und Herr Dusedann somit seine eigenen geheiligten Familientraditionen nicht zu durchbrechen nöthig hatte, eine Tempelschändung, welche zu verüben er auch wohl nicht gewagt haben würde. Da nun seine Kühnheit in der letzten Zeit schon bedeutend zugenommen hatte, so gelang es ihm, in wohlgesetzter Rede den Wunsch auszusprechen, dass ihm erlaubt sein möchte, sich an diesem Abend ganz als ein Mitglied der Familie zu

betrachten, und man ihm nicht verübeln
möge, wenn er sich in jeder Hinsicht an der
Bescheerung betheilige. Dass die Familie
Roland dagegen nichts einzuwenden hatte,
stimmte ihn so fröhlich, dass er auf dem
Rückwege nach seiner Wohnung eine grosse
moralische Kraft anwenden musste, in dem
frisch gefallenen Schnee der Strasse nicht
einige Male vor Vergnügen Kobold zu
schiessen. Das ehrwürdige Blut der Dusedanns aber, welches in seinen Adern floss,
war stark genug, diese hasenfüssige That
zu verhindern.

Von diesem Tage an wurde Herr Dusedann viel mit Paqueten gesehen. Da aber
in dieser Zeit solches eine häufige Zierde
des Mannes, insonderheit des Familienvaters
und des alten guten Onkels ist, so fiel das
weiter nicht auf. Aber der junge Mann
zitterte doch oftmals bei seinen Einkäufen

davor, dass ihn ein Bekannter dabei überraschen möge. Zwar bei der grossartigen Kinder-Kochmaschine, welche er für Regina einkaufte und der für Susanne bestimmten Puppenstube von märchenhafter Pracht hätte er schon leicht eine Ausrede finden können, allein was sollte er sagen, wenn ihn Jemand gefragt hätte, für wen der kostbare olivenbraune Seidenstoff bestimmt sei und die wunderbare goldene mit Perlen behängte Halskette, welche der erste Juwelier der Stadt nach den Zeichnungen eines bedeutenden Künstlers ausgeführt hatte. Wenn er behauptet hätte für Tante Salome, so wäre diese Lüge doch gar zu durchsichtig gewesen. Und so kaufte er in einer Art von Rausch noch allerlei Dinge, welche ihm passend und angenehm erschienen. Dass sein Beginnen ein sehr auffallendes war, kam ihm gar nicht in den Sinn, dazu hatte er zu einsam gelebt und zu wenig Begriff von dem Werth des Geldes.

Als er kurz vor Weihnachten zu der Familie Roland kam, traf er den Alten allein und in sehr trübseliger Stimmung. Nach einigen Worten der Einleitung fragte dieser mit bebender Stimme: „Möchten Sie den Papagei noch kaufen, Herr Dusedann?"

Als dieser ihn verwundert anblickte, fuhr er fort: „Ich werde sehr bedrängt durch eine Schuld, welche ich zur Zeit meiner schweren Krankheit, der mein jetziges Leiden folgte, eingehen musste. Bis jetzt habe ich sie in kleinen Raten vierteljährlich vermindert, allein nun will der Geldgeber nicht mehr warten. Ausserdem ist das Weihnachtsfest vor der Thür und der erste Januar mit seinen Ausgaben. Es ist ja auch ein grosser Luxus für einen Mann wie mich, ein so kostbares Thier zu halten. Ich habe mir die Sache überlegt. Ein sogenannter roher Graupapagei, der frisch angekommen ist, und noch nichts versteht, kostet nur sechsunddreissig Mark. Ich schaffe mir von dem übrigen Gelde einen solchen an, einen der noch graue und nicht gelbe Augen hat, also noch jung ist, und dann will ich mich dahinter setzen, dass er bald eben so viel lernen soll, als dieser."

Herrn Dusedann schoss ein glänzender Gedanke wie eine Sternschnuppe durch den Kopf.

„Gewiss," sagte er, „den Papagei kaufe ich gerne, aber Sie müssen ihn noch eine Weile behalten, bis ich mich auf ihn eingerichtet habe. Nicht wahr? Im nächsten Jahre hole ich ihn mir. Da er gerade genügend mit Geld versehen war, so zählte er die fünfhundert Mark auf den Tisch und verabschiedete sich. Zu Anfang war er ein wenig betroffen und ergriffen, denn zum ersten Male in seinem Leben war ihm menschliche Noth entgegen getreten, allein diese Stimmung verlor sich bald, denn es lag ja in seiner Hand diesen Menschen, welche er achtete und liebte, von seinem Ueberflusse mitzutheilen. Der Mond, welcher an diesem Abend in Herrn Dusedanns Zimmer schien, hatte einen wunderlichen Anblick. Er sah diesen Herrn in seinem Bette liegen und in höchst seltsamer Weise alle Augenblicke sich die Hände reiben, ja sogar zuweilen unter der Bettdecke mit den Beinen ziemlich strampeln. Der gute alte Mond glaubte, dass Herrn Dusedann fröre; freilich er konnte nicht wissen, dass in dem Zimmer sehr schön geheizt war und Herr Dusedann blos vor lauter Vergnügen nicht einschlafen konnte.

Am Morgen des 24. Dezember erwachte Herr Dusedann so erwartungsvoll und freudig wie ein richtiges Kind, das diesen seligen bevorstehenden Abend kaum abzuwarten vermag. Er packte alle seine eingekauften Schätze sorgsam in eine ungeheure Kiste und bestellte dann einen Dienstmann, welcher die Weisung erhielt, diese am Abend um fünf Uhr in der Rolandschen Wohnung abzuliefern. Nur eine Schachtel behielt er zurück und machte sich damit um ein Uhr auf den Weg, um sie persönlich abzuliefern. Sie enthielt einen Beitrag zur Ausschmückung des Tannenbaums, denn er hatte sich extra auserbeten, an diesem feierlichen Akte theilnehmen zu dürfen. Er fand den Alten und die beiden Kinder zusammen in dem Vorderzimmer. „Wir dürfen nicht hinein," sagte Susanne und zeigte auf die Nebenthür: „Wendula putzt auf!"

„Aber ich darf doch?" fragte Herr Dusedann.

„Ja, Sie dürfen. Wendula hat's gesagt."

Er klopfte jetzt und ward durch einen schmalen Thürspalt hineingelassen.

„Ich habe doch was blinken sehen," rief Regina triumphirend.

Wendulas Gesicht war von der eifrigen Thätigkeit rosig angehaucht und ihre dunklen Augen strahlten. Sie hatte die Aermel ein wenig aufgestreift, dass die schönen weissen Arme zur Hälfte sich zeigten. Die Grundlage alles Tannenbaumaufputzes, die Silber- und Goldäpfel, hatte sie bereits angehängt und diese schimmerten freundlich aus dem dunklen Grün hervor. Herr Dusedann packte seine Schachtel aus. Es waren lauter Vögel darin, Marzipan- Zucker- und Chokoladen-

Vögel, welche er mit grosser Mühe aus allen Zuckerwaarenfabriken und Konditoreien der Stadt zusammengesucht hatte, Papageien, welche sich in Ringen schaukelten, Schwäne, Gänse, Enten, Hühner, Kanarienvögel und alles Mögliche. Zu seinem grossen Bedauern hatten aber die buntesten und prächtigsten dieser wohlschmeckenden Thiere mehr aus einer exotischen Zuckerbäcker-Phantasie ihren Ursprung genommen, als dass sie treue Nachbilder der Wirklichkeit gewesen wären. „Wie würden Sie nun dies Geschöpf nennen?“ sagte er und hielt ein solches Gebilde empor, „Fasanen-Möven-Schwan-Geier ist die kürzeste Bezeichnung, denn von Allem ist was drin.“

„Ich nenne ihn Piepvogel,“ sagte Wendula, „und hänge ihn an den Tannenbaum.“

Er betheiligte sich an dieser Arbeit, stellte sich aber ein wenig ungeschickt dabei an. „Wir wollen uns die Arbeit theilen,“ sagte Wendula, „ich hänge an und Sie reichen mir die Sachen zu.“

Herr Dusedann war es zufrieden. Aber war es nothwendig, dass bei diesen Verrichtungen die Hände sich so oft trafen und die Augen so lange an einander hafteten? War bei den Berathungen über den besten Ort für irgend einen Gegenstand es gar nicht zu vermeiden, dass die Schultern sanft an einander ruhten und die Hände sich wieder begegneten? Was sollte es bedeuten, dass Beide so oft lachten über Dinge, die nichts Komisches an sich hatten, und dann wieder bei einer ähnlichen Gelegenheit ohne jeden ersichtlichen Grund verstummten? Seit wann bedurfte Wendula, eine so behende Persönlichkeit, unbedingt der Hülfe, um auf einen Stuhl zu steigen, und fraglos der Unterstützung, wenn sie wieder herabwollte?

Endlich hatte sie die letzten Lichter an dem oberen Kranz der Zweige befestigt, stand auf ihrem Stuhl und betrachtete ihr Werk. „Nun ist alles fertig!" sagte sie mit einem kleinen Seufzer.

„Wie schade!" meinte Herr Dusedann.

Dann sahen sie sich in die Augen und er reichte ihr die Hände, um ihr beim Absteigen behülflich zu sein.

Sie glitt an ihm hernieder und lag in seinen Armen. Dann küssten sie sich. Herr Dusedann hielt sie fest umschlossen und fragte ganz leise:

„Auf immer?"

„Nun und immerdar!" sagte Wendula noch leiser.

Sie mochte wohl den Tannenbaum mit ihrem Kleide gestreift haben, denn es fiel etwas plötzlich herab. Sie erschraken beide und fuhren aus einander. Herr Dusedann nahm es auf; es war ein kleines Pfefferkuchenherz, in zwei Theile zerbrochen. Er reichte es Wendula hin, diese passte die zerbrochenen Hälften an einander und gab dann die eine Herrn Dusedann. Beide assen ihren Antheil stillschweigend auf, lachten dann wie die Kinder und gingen Hand in Hand hin, Herrn Roland um seinen Segen zu bitten.

Die beiden Kinder waren anfangs ganz

erstarrt, allein dies giug bald in ausgelassene
Lustigkeit über, sie sprangen beide jauchzend im Zimmer herum, der Papagei sang
und pfiff, blies, krähte, bellte und trompe-
tete, und Herr Dusedann musste bald mit
der einen, bald mit der anderen herum-
tanzen, so dass Herr Roland sich zuletzt in
komischem Entsetzen die Ohren zuhielt.

Als nun zuletzt die grosse Kiste ankam
und die Bescheerung losging, und Herr
Roland seinen Papagei feierlichst zurück-
geschenkt erhielt, da war ein solcher Ueber-
fluss von Liebe, Glück, Dankbarkeit und
anderen schönen Empfindungen an diesem
Orte vorhanden, dass es ein wahres Wunder
war, wie das Alles iu der engen Wohnung
Platz fand.

EUGEN KNILLER.

Ich habe einige Tage meines Lebens in einer mecklenburgischen Stadt zugebracht, woselbst ich in einer Maschinenfabrik als Konstrukteur beschäftigt war. Wenn ich die verschiedenen Menschen, mit welchen ich damals in Berührung kam, jetzt zuweilen in stillen Stunden des Nachdenkens und der Erinnerung an meinem Geiste vorüberpassiren lasse, so verweile ich stets mit Behagen dabei, mir Herrn Eugen Kniller, wohllöblichen Amtsschreiber, in das Gedächtniss zurückzurufen, wobei ich jedoch bemerken muss, dass diese Zuneigung sich nicht auf einen Zug des Herzens begründet,

sondern eine derartige ist, wie sie etwa ein
Kuriositätenliebhaber für ein besonders ver-
schrobenes und verdrehtes Stück seiner
Sammlung hegt. Eugen Kniller war eigentlich ein öder Mensch. Er hatte keine In-
teressen und Neigungen, welche über das
Gewöhnliche und Niedrige hinausgingen,
und sein einziger Wunsch war, reich zu
sein um des Reichthums willen. Bei seiner
ausserordentlichen Gier nach Erwerb und
Besitz fehlte ihm jedoch gänzlich die findige
Thatkraft, welche nothwendig ist, seine
Güter schnell und sicher zu vermehren, und
sein ganzes Thun und Denken ging darauf
hin, das kleine Vermögen, welches er besass, und dasjenige, was er erwarb, festzu-
halten und sich möglichst kostenlos durchs
Leben zu schinden.

Zwar ganz ohne luxuriöse Neigungen
war er doch nicht. Eugen Kniller hielt sich
einen Hund Namens Fips. Es war eines
jener kleinen dünnen Windspiele, welche,
wenn sie laufen, ihre Beine so unglaublich
durcheinander wirbeln, dass es ein wahres

Räthsel ist, wie sie es anfangen, keinen Knoten hineinzuschlagen. Bei näherer Betrachtung erwies sich jedoch dieser Luxus als ein Blendwerk, denn das Thier kostete ihm nichts, weil es abgerichtet war, sich von anderen ernähren zu lassen und von seinem Herrn nie eine Brodkrume erhielt. Um so freigebiger war er gegen diesen Hund mit allerlei Anerbietungen und fragte ihn bei jeder Gelegenheit, ob er ein Beefsteak essen wolle — oder ein Dutzend Austern? Ob er Neigung habe, ein Glas Madeira zu trinken? Ob er eine feine Havanna rauchen wolle? Ja, im Vertrauen darauf, dass dieses Thier der deutschen Sprache nicht mächtig war und ihn niemals beim Wort halten konnte, verstieg er sich dazu, ihm ein Theater-Abonnement und eine Rheinreise zu versprechen.

Eugen Kniller wohnte bei Frau Zimpernich, einer Wittwe, welche ein kleines winziges Haus besass, das zwischen zwei hohen Nachbarhäusern eingeklemmt war. Den unteren Theil bewohnte sie selber, während

in dem oberen, der aus einer einzigen nach
dem Hofe zu gelegenen Dachstube bestand,
der genügsame Miethsmann sein Reich hatte.
Aus dem Fenster sah man auf einen feuchten,
sonnenlosen Hof, auf welchem einige traurige Hühner einhergingen, die sich ohne
Hahn behelfen mussten. Eine nothdürftige
und rein moralische Anregung zu dem Berufe des Eierlegens erhielten sie einzig und
allein durch das Krähen eines benachbarten,
der zwei Höfe weiter seine Stimme erschallen
liess. Frau Zimpernich war nämlich eine
Gesinnungsgenossin ihres Miethsmannes und
hielt einen Hahn für einen prunkhaften und
unnützen Esser, der das in ihn gesteckte
Kapital auch nicht durch das geringste
Windei vergütete.

Die beiden Leute, die sich als Geistes-
verwandte bald erkannt hatten, besassen
eine gewisse Sympathie für einander, wie
sie Leute derselben engen Gemeinde immer
unter sich hegen. Sie hatten beide nur
zwei Stäbchen in ihrem Gehirn, auf welchen
ihre Gedanken wie gefangene Vögel unab-

lässig auf und ab hüpften. Das eine dieser Stäbchen hies „Zusammenkratzen“, das andere hiess „Sparen“. Sie gehörten zu derjenigen Klasse von Leuten, welche bei irgend einer Sache niemals nach ihrem inneren Werthe, nach ihrer Schönheit oder nach ihrer Zweckmässigkeit fragen, sondern nur darnach, wieviel sie gekostet hat, sie waren Beide von der Art, dass ihnen Triumph und einziger Ehrgeiz war, andere Leute in Hinsicht auf die Billigkeit ihrer Erwerbungen und die Kostenlosigkeit ihres Daseins zu untertreffen.

Trotzdem schienen sie jedoch in dauerndem Unfrieden zu leben; sie suchten sich stets zu schrauben und zu drücken und waren ewig um irgend eine kleine nörglige Sache in Streit und Aufregung. Dem Kenner entging jedoch nicht, dass dies nur unschuldige Turnübungen ihres Geistes waren und unter dieser rauhen Asche der Funke einer heimlichen Zuneigung verborgen glimmte.

Eines Abends, als ich an dem Häuschen vorbeikam, wandelte mich die Laune an,

Herrn Kniller einmal zu besuchen. Ich kannte ihn schon seit langer Zeit, da er regelmässig am Sonnabend Abend in meinem Stamm-Wirthshause erschien, und geduldig die ganze lange Zeit an einem Glas Bier sog. Dies war der äusserste Luxus, welchen ich je an ihm bemerkt hatte. Dabei liebte er es, mit Denjenigen, welche Beefsteak oder Gänsebraten oder dergleichen verzehrten, ein Gespräch über diese Nahrungsmittel anzuknüpfen, das gute Aussehen derselben zu loben oder die Kleinheit der Portionen zu tadeln, indem er zugleich lüstern mit seiner spitzen bleichen Nase den süssen Duft der Speisen einsog. Zugleich besass er die Geschicklichkeit, den beängstigenden Anschein zu erwecken, er würde sich im nächsten Augenblick zu einer That hirnloser Verschwendung hinreissen lassen und ebenfalls dem Kellner eine Bestellung aufgeben, was aber niemals geschah. Nur eines Abends, als er, wie gewöhnlich, sorgfältig die ganze Speisekarte durchgelesen hatte, begab sich das Ungeheure.

„Kellner," rief er, „bringen Sie mir Hummer!"

„Bedaure," sagte dieser, „ist nicht da, steht auch nicht auf der Karte."

„So, ich glaubte es gelesen zu haben," sagte Herr Kniller, „nun es ist gut, da danke ich, ich hatte nur so einen Jieper auf Hummer."

Einmal ward ihm jedoch ein grosser Schmerz angethan. Die Tischgesellschaft hatte zusammengelegt und für den von seinem Herrn einzig mit hochtrabenden Versprechungen gefütterten Windhund Fips ein Dutzend Austern bestellt, in der richtigen Voraussetzung jenem, der, sobald er kostenlos dazu kommen konnte, sehr gern etwas Gutes ass, dadurch Höllenqualen zu bereiten. Die Austern wurden gebracht, ohne dass Kniller eine Ahnung von der Verschwörung hatte. Fips ward auf einen Stuhl gesetzt, ihm eine weisse Serviette umgebunden, und die Fütterung begann.

„O du meine Zeit!" rief Kniller, als der Hund die erste Auster verschluckt hatte und sich wohlgefällig das Maul bis an die Ohren leckte, „das unvernünftige Thier!“

Fips bekam die zweite Auster. Sein Herr war vor Entsetzen ganz blass geworden und rief:

„Ach, das ist ja ein Jammer! Das Thier hat ja keinen Verstand davon, das ist ja sündhaft!“

Bei der dritten Auster verklärten sich plötzlich seine Züge.

„Ach, ich merke schon,“ sagte er, „sie sind verdorben! Nicht wahr? Ei du mein Fipschen, das schmeckt! Ja du Leckermaul, Austern, das ist so ein Futter für dich!“

Ihm ward jedoch die vierte Auster unter die Nase gehalten mit der Bemerkung:

„Ganz frisch, heute erst aus Hamburg gekommen!“

„Meine Herren,“ sagte er nun ganz weinerlich, „wenn Sie einmal generöse Gelüste haben, so könnten Sie Jemand damit beglücken, der Verstand davon hat. Nein, so ein Jammer! Wurstpelle würde ja ganz dieselben Dienste thun!“

Als er aber bemerkte, dass sein Lamen-

tiren nichts half, sagte er, ihm würde ganz
schlimm, er könne es nicht mit anschen und
zog sich tiefsinnig und gebrochen in den
Hintergrund zurück. Er erholte sich an
diesem Abend von diesem Schlag nicht
wieder, blieb still und in sich gekehrt, betrachtete seinen austerngefüllten Hund mit
Blicken des Widerwillens und der Abneigung und ging früher als gewöhnlich nach
Hause.

Diese Erinnerungen gingen mir durch
den Sinn, als ich die Stufen zu Knillers
Wohnung hinaufstieg. Ich traf ihn bei
seinem Abendessen. Er bearbeitete ein
Stück trockenes Brod von ungeheurer Dicke
und verzehrte dazu eine Wurst von zweifel-
haftem Aussehen, deren Zusammensetzung
ein düsteres und blutiges Geheimniss ihres
Verfertigers war.

Man muss nicht denken, dass es so
überaus ärmlich und dürftig in dieser Dachstube ausgesehen hätte, aber das war nicht
Knillers Verdienst, denn die alten wohler-
haltenen Möbel, welche das Zimmer ent-

hielt, waren durch Erbschaft in seinen Besitz gekommen. Auch bekundete sich seine Thierliebhaberei durch die Thatsache, dass am Fenster in einem von ihm selber erbauten Lustschlosse von Draht und Glas eine ganze Familie von Zwergmäusen hauste, welche sich wahrscheinlich deshalb seiner besonderen Zuneigung erfreuten, weil es diejenigen vierfüssigen Thiere sind, welche sich von allen der kleinsten Mägen erfreuen. Auch ein sehr schmaler Kanarienvogel von spärlichem Federwuchs und trübseliger Physiognomie hing in einem defekten Drahtbauer an der Wand. Derselbe war ihm einmal zugeflogen und war vermuthlich ein Weibchen, denn weder Ueberredung noch Schmeichelei hatten ihn jemals zum Singen bewegen können. Kniller vermochte sich jedoch nicht von ihm zu trennen, da er die dumpfe Hoffnung in seinem Innern trug, „des Gesanges Gabe" möchte doch noch einmal in diesem Thiere erwachen und ihm Gelegenheit geben, es theuer zu verkaufen.

Als er sich überzeugt hatte, dass ich kein Geld von ihm borgen wollte, was immer seine heimliche Furcht war, wenn ihn Jemand besuchte, ward er ganz zutraulich. Wir sassen am Fenster und sprachen über allerlei Dinge, und als Frau Zimpernich zufällig über den Hof nach ihrem kleinen feuchten Krautgarten ging, betrachtete er ihre sterile Rückseite mit einem prüfenden, nachdenklichen Blick und sagte: „Die Frau hat sich doch gut konservirt, sie ist fünfunddreissig Jahre alt."

Da ich die Vermuthung hegte, Frau Zimpernich sei von Mutterleib und Kindesbeinen an eine mit gelblicher Haut überzogene Zusammenstellung von eckigen Knochen gewesen, so konnte ich ihm nur Recht geben.

Nachdem er seine kleinen kalten gelbbraunen Augen noch eine Weile auf der Stelle hatte ruhen lassen, wo sie verschwunden war, sagte er:

„Ich möchte nur wissen, wieviel sie hat, es müssen an zehntausend Mark sein. —

Und das Haus," fügte er nach einer Weile hinzu: „Es könnte mehr sein, denn ihr verstorbener Mann hat mit seinem Aufkäufer-Geschäft viel Geld verdient. Aber der wollte zu gut leben. Sonntags musste er seinen Braten haben, und ein paar Flaschen Wein lagen stets im Keller. Frau Zimpernich hat von der Zeit her noch welchen liegen."

„Ach die Frau ist fleissig," sagte er dann in einem Tone unbegrenzter Hochachtung, — „und wirthschaftlich. Den ganzen Tag rasselt unten die Nähmaschine. Das mit den Hühnern sieht nur wie ein Luxus aus, es ist aber keiner, denn die bekommen nur Abfall, und die Eier verkauft sie."

Dann trommelte er eine Weile mit den Fingern auf den Tisch und blickte mich zwei-, dreimal scheu von der Seite an. Endlich sagte er zögernd, indem er mit dem Daumen auf den Ort, wo Frau Zimpernich sich aufhielt, und dann auf sich zeigte: „Was meinen Sie, wenn wir Beide das Unsrige

zusammenthäten, ich denke, es wär 'ne Frau
für mich?"

„Aber Herr Kniller," sagte ich, „die ist
ja bedeutend älter als Sie, und schön ist
sie auch nicht."

„Nur fünf Jahre," sagte Kniller leichthin,
„und auf das Aeusserliche lege ich keinen
Werth, ich bin mehr für das Innerliche, das
Solide." Dazu machte er die Pantomime
des Geldzählens, kniff die kleinen Aeuglein
zusammen und schmunzelte. Es war, als
wenn die Sonne auf einen Kehrichthaufen
scheint.

„Wenn sie mich nur nimmt?" fuhr er
fort. „Aber ich habe ja auch ein Bischen
. . . nicht viel" . . . fügte er ängstlich ein,
„aber ich denke, es wird ihr genug sein.
Ich denke, ich wage es."

Der Vorsatz, Frau Zimpernich zu heirathen, war grässlich, aber er war Knillers
durchaus würdig. Und von dem Standpunkt
der Vervollkommnung der Race konnte man
kaum gegen diese Verbindung etwas ein-
wenden, denn wurde dadurch eine Nach-

kommenschaft erzielt, so war vorauszusehen, dass diese die addirten Eigenschaften der Eltern erben würde und ein Geschlecht von Knickern entstände, wie es die Welt noch nicht gesehen hat.

Ich sprach mich demnach gegen Kniller derart aus, dass bei näherer Ueberlegung sich meine Bedenken zerstreut hätten und ich die Partie als eine für ihn ausserordentlich passende bezeichnen müsste. Dies schien ihn sichtlich zu erfreuen; er rief seinen kleinen Hund herbei und sagte zu ihm: „Hast du's gehört, Fips? Na, wenn aus der Sache was wird, da lasse ich dir einen neuen Ueberzieher machen! Von blauem Sammet mit goldenen Troddeln! Ei, du altes dummes Hündchen! Willst ne Portion Rührei haben?!"

Es wurde wirklich etwas aus der Heirath und ich bin selber auf der Hochzeit gewesen. Bei dieser Gelegenheit gaben Beide ihrem Herzen einen Stoss und es ward ein unerhörter Luxus entwickelt.

Sie fuhren sogar zur Kirche in einem

alten, baufälligen Wagen, welcher wie der spukende Geist einer Chaise aus dem vorigen Jahrhundert aussah. Es waren zwei Thiere mit je vier Beinen davorgespannt, von welchen der Kutscher aussagte, es seien Pferde. Man konnte aber den Mann nicht für einen klassischen Zeugen erachten, da er bei der Sache interessirt war. Frau Zimpernich schimmerte mit ihrem Citronen-Antlitz in säuerlicher Glückseligkeit aus dem weissen Brautkleide hervor, in welchem sie bereits ihr erstes Opfer an den Altar begleitet hatte, und Beide waren so mager, spitz und eckig, dass man es ihnen auf eine halbe Meile weit ansehen konnte, sie seien für einander geschaffen. Die Stadt war glücklich. Es fehlte nicht viel, so wäre geflaggt worden. Die Strassenjungen schlugen Rad, um ihre Freude nur einigermassen zu dämpfen, und schrieen Hurrah, bis sie vor Heiserkeit nicht mehr konnten. Die Kirche war überfüllt bei der Trauung, aber mir schien, es war keine rechte Andacht unter den Leuten.

Bei dem Hochzeitsmahle ging es hoch

her. Die alten Weinvorräthe des seligen Zimpernich waren geopfert und es prangte dort eine Terrinne mit einer röthlichen Flüssigkeit, in welcher einundzwanzig Erdbeeren schwammen, es können aber auch zweiundzwanzig gewesen sein. Mich dünkt, die Bowle war recht gut, nur schmeckte sie für mein Gefühl zu stark nach der Pumpe, und als sich eben allmälig eine Art von verdünnter säuerlicher Lustigkeit in der Gesellschaft verbreitet hatte war sie leer. Sie blieb es auch. Meine Tischnachbarin war ein kleines rundliches älteres Fräulein, und so elektrisch mit Lachstoff geladen, dass es ordentlich ängstlich war, sich mit ihr zu unterhalten, weil man immer fürchten musste, sie würde in ihren Konvulsionen einmal stecken bleiben, und auf der anderen Seite hatte ich eine junge, sehr ernsthafte Dame von sechsunddreissig Jahren, welche späterhin sentimentale Lieder sang mit einer Stimme, welche ein Gefühl erweckte, als würde einem mit einem stumpfen Messer an der Seele gesägt. Aber es war doch eine sehr vergnügte Hochzeit.

Die beiden Leute haben dann sehr nett miteinander gelebt. Sie schmorgten und sorgten und knickerten und knauserten nach Herzenslust, sie zankten sich alle Tage nach Bedürfniss und waren glücklich. Sparsam, wie in allen Dingen, haben sie nur einen einzigen Sohn in die Welt gesetzt, der grosse Dinge verspricht und auf den billigen Namen Karl getauft ist. Er ist jetzt sieben Jahre alt. Ein Freund von mir, welcher in der Nähe wohnt, fragte kürzlich seinen achtjährigen Sohn:

„Otto, wo ist das blanke Markstück geblieben, welches Dir der Onkel geschenkt hat?"

„Das ist weg!" sagte Otto.

„Ich will wissen, wo es geblieben ist?", fragte der Vater streng. Der Junge zog verlegen mit den Schultern und sagte:

„Ja, Karl Kniller. Neulich spielten wir zusammen, und da zeigte ich es ihm, und da sagte er, das müsse ich einpflanzen. Dann

würde da ein Baum herauswachsen mit
schönen rothen Blumen, und zuletzt würde
er Früchte kriegen, wie kleine flache Kapseln.
Wenn die reif sind, pflückt man sie ab, und
in jeder liegt ein Markstück, manchmal aber
auch zwei Fünfzig-Pfennigstücke. Da haben
wir es an der Planke eingepflanzt und eine
Kerbe eingeschnitten, damit wir den Platz
wüssten. Nach acht Tagen wollte ich mal
nachsehen, ob es schon gekeimt hätte, aber
da . . . . da“

„Nun, was war da?“ fragte der Vater.

„Ja, da war's weg,“ sagte Otto.

Mich dünkt, der brave Karl Kniller wird
es in der heutigen Zeit noch zu etwas bringen.

DER LEICHENMALER

Nach langjähriger Abwesenheit war ich nach Berlin zurückgekehrt und schweifte eines Tages planlos durch die Strassen, vertieft in die wehmüthig heitre Beschäftigung, die Stätten vergangener Jugendfreuden wieder aufzusuchen.

Dabei war ich allmählich in unbekannte Gegenden gelangt und hielt an, um mich zu orientiren. Der Name der Strasse, in welcher ich mich befand, war mir nicht fremd, obgleich ich noch niemals dort gewesen war, und ausserdem hatte ich eine dunkle Vorstellung, dass sich mit dieser Strasse für mich etwas Besonderes verknüpfe.

Ich zog mein Notizbuch hervor und richtig, dort stand eine Bemerkung: „. . . Strasse Nr. 84, der Leichenmaler." Kurz vor meiner Abreise nach Berlin hatte mein Freund Ringwald mir diese Adresse aufgegeben und mir auf die Seele gebunden, diesen Maler, welcher unter seinen Freunden die sonderbare Bezeichnung führte, aufzusuchen, da er mit ihm besonders befreundet sei und dringend wünsche, auch unsere Bekanntschaft herbeizuführen.

Ich fand das Haus bald. Es war ein zweistöckiges, langweiliges Gebäude, in dem nüchternen Stil errichtet, der zu Anfang dieses Jahrhunderts herrschte, und hob sich seltsam ab gegen die riesigen Miethskasernen mit Mansarden-Dächern, welche die neue Zeit ringsum emporgetrieben hatte.

Es war ganz einsam und todt in dieser abgelegenen Strasse, kein Mensch liess sich sehen, und das Einzige im ganzen Umkreis, das sich bewegte, war in dem an dem alten Hause hängenden Schaukasten eines Zahnarztes zu sehen, nämlich ein paar rothe

Gummikiefern mit blendend weissen Zähnen, welche, durch ein verborgenes Uhrwerk getrieben, fortwährend auf- und zuklappten und ewig an einem unsichtbaren Etwas kauten.

Ich trat in den geräumigen Thorweg und stieg eine mächtige alte Holztreppe mit gewundenem Geländer und tief ausgetretenen Stufen hinan. Ein muffiges, altes Haus; es roch darin nach aufgewärmtem Kohl und Cichorienkaffee. Auf den oberen Stufen rührte sich was und ich fand dort ein altes, schlumpiges Weib, das, scheinbar ohne wesentliches Resultat, die Treppe scheuerte. Auf meine Frage nach dem Maler ward ich von ihr über den Hof in den Garten gewiesen.

Auf dem Hofe war es lebendiger, denn ein Tischler, dessen Aushängeschild mit einem unendlich langen, perspektivischen Sarg, in welchem man in einer Reihe hinter einander eine ganze Familie bequem hätte unterbringen können, draussen von mir bereits bemerkt war, hatte seine Werkstatt im Hinterhause aufgeschlagen, und seine

Gesellen hobelten und nagelten in einem offenen Schuppen und sangen lustig zu ihrer Arbeit. Es roch dort nach frischem Holz und Firniss und in einem halbfertigen Sarge lag auf Hobelspänen ein kleines rosiges Kind und schlief, während seine Geschwister daneben sassen und mit Sargnägeln und alten Florfetzen spielten.

Das Atelier befand sich in einem Gartenhause. Eine seltsame Beklommenheit hatte mich befallen und ich zögerte einen Augenblick, ehe ich den einfach mit dem Namen Morlin gezeichneten Klingelzug ergriff, worauf das heisere Gebelfer einer gesprungenen Glocke mit so geflissentlicher Ausdauer ertönte, dass es offenbar war, sie suche den Mangel an Klang durch ihre emsige Beharrlichkeit und Arbeitsamkeit zu ersetzen. Der Maler öffnete mir selbst, und ich war enttäuscht über seine Erscheinung, es war nicht das geringste Ungewöhnliche in ihr. Eine schlanke, durchaus modern gekleidete Gestalt von nachlässiger Haltung, ein blasses Gesicht mit wenig Bart an Kinn und Lippen, etwas müde blickenden grauen Augen und kurzgehaltenem, emporstrebendem dunklen Haar, so stand er vor mir und fragte nach meinem Begehren.

Als ich den Namen meines Freundes genannt hatte, ging ein freundlicher Schein über die Züge des Malers und er forderte mich auf, in seine Werkstatt zu treten. Gegenüber der Thür ragte mir der Rücken einer gewaltigen Leinwand entgegen. Morlin deutete darauf hin und sprach, indem ein feiner Zug von schalkhafter Ironie in seinen Mundwinkeln lauerte: „Sie werden das Bild sehen, das ich eben vollendet habe. Ich störe Sie anfangs nicht dabei, ich werde mir anderweitig zu thun machen. Vielleicht brauchen Sie einige Zeit, sich an den dargestellten Gegenstand zu gewöhnen."

Damit schritt er an einen Tisch, der, mit einer Anzahl von Gegenständen bedeckt, dicht an dem von unten halb verhängten Atelierfenster stand, und überliess mich meinem Schicksal. Ich darf wohl sagen, dass ich mit einem Gefühl ängstlicher Spannung an die bezeichnete Leinwand trat und ich dankte dem Maler für seine Rücksicht, als es geschehen war, denn kaum konnte ich eine Aeusserung des Entsetzens zurückhalten. Auf dem Bilde war, wie ich sofort erkannte, das Innere des Leichenkellers der Berliner Anatomie dargestellt, jenes furchtbaren Ortes, wo die eingelieferten Körper für die Zwecke des Studiums aufbewahrt werden. Aufschrägen Pritschen hingestreckt, lagen die nackten Gestalten, aus dem ungewissen Dämmer in fahlem Scheine hervorleuchtend, Kinder, Greise und Jünglinge, wie sie ein grausames Schicksal an diesen furchtbaren Strand geworfen. Sie führten keinen Namen und keinen Stand mehr, sie waren wissenschaftliche Objekte und trugen nur noch eine Nummer, welche auf Papier geschrieben an eine Zehe gebunden war. Im Vordergrunde lag ein Weib mit einem nassen Tuch bedeckt, das die Form des verhüllten Leibes hervortreten liess; unheimlicher als all das nackte Elend wirkte dieser verdeckte Jammer.

Entsetzen und Abscheu waren die Empfindungen, welche mir dieses Bild einflösste, nachdem ich in kürzester Frist die geschilderten Beobachtungen gemacht hatte. Aber zu meinem eigenen Erstaunen bemerkte ich, dass in geringer Zeit diese Eindrücke sich milderten und eine Art von Bewunderung sich einmischte, die durch die ausserordentliche Kunst des Malers bei der Vorführung dieser furchtbaren Gegenstände hervorgerufen wurde. Es giebt eine Art der Darstellung, welche selbst das Entsetzliche, das Hässliche und Gemeine adelt, es giebt eine liebevolle Weise der Vertiefung in die Natur, welche auch über die verachtetsten Gegenstände einen Schimmer der Schönheit breitet, jener Schönheit, welche ein Abglanz der ewigen Wahrheit ist. Die armen Kinder des Todes, wie sie so starr und hülflos im bleichen Dämmerlichte ruhten, es war ein ergreifendes Bild von der Unzulänglichkeit alles Menschlichen und der Grausamkeit, mit welcher das Schicksal seine Loose streut.

„Nun seien Sie aufrichtig," sagte Morlin

plötzlich, „ich bin an starke Ausdrücke gewöhnt."

Ich machte ihn mit dem Gange meiner Gedanken bekannt, allein es schien ihm nicht viel Eindruck zu machen.

„Es ist wohl ein Fehler in meiner Organisation," meinte er, „aber eine unwiderstehliche Kraft treibt mich hin auf diese Dinge. Eigentliches Grauen habe ich niemals empfunden, nur ein tiefes und unwiderstehliches Interesse an diesen Gegenständen. Im vorigen Herbst besuchte ich einen befreundeten Mediziner in der Anatomie, da drängte sich mir plötzlich die Idee zu diesem Bilde auf und verliess mich nicht wieder. Manchen Vormittag habe ich dann allein in dem Keller gesessen und Studien gemacht. Der Herbstwind brauste draussen in den Kronen der halb entblätterten Bäume und zuweilen kam ein Windstoss und warf knallend eins der stets offenen Fenster zu, oder jagte eine Wolke von welken Blättern herein, welche raschelnd die schrägen Flächen der Lichtöffnungen herabkamen und flüchtig über

ihre menschlichen Genossen hinwegtanzten.
Sonst war dort nichts, als das stille starre
Schweigen des Todes und der stiere Blick
auf ewig erloschener Augen, der unablässig
auf mir ruhte. Da kam mir oft plötzlich
der Gedanke, wenn nun einer von diesen
hier anfinge, sich zu bewegen und sich
aufrichtete, um mit entsetzten Augen um
sich zu schauen — was dann? Und es
schien mir, als rege sich dort eine Hand
oder hier ein Arm, aber ich richtete meine
Augen fest darauf und sah wieder nichts,
als die kalte, starre, unabänderliche Ruhe
des Todes."

Unterdess waren meine Augen weiter
gewandert und hatten noch andere Bilder
entdeckt, theils vollendete, theils noch in
den Anfangsstadien begriffene, und es befiel
mich ein Staunen über die Verschiedenartig-
keit derselben von dem zuerst gesehenen.
Kaum begriff man, dass es derselbe Maler
war, der jenes schöne, sinnende Mädchen
gemalt hatte, das mit träumendem Blick
und knospendem Herzen durch den blühen-

den Frühlingsgarten wandelt. Und doch
verläugnete er seine Natur nicht, denn wenn
man das Bild näher betrachtete, so war der
Garten ein Kirchhof und die blühenden
Rosen wuchsen aus einem verfallenen Grab-
hügel hervor.

„Ich habe draussen ein Bild für Sie gesehen," sagte ich, „in der Werkstätte des
Tischlers . . ."

„Ich glaube, ich weiss schon, was Sie
meinen," sagte er lächelnd, indem er eine
an die Wand gelehnte Leinwand umkehrte
und auf eine Staffelei setzte. Wahrhaftig,
da war das rosige, blühende Kind, das in
dem Sarge schlief, wie ich es draussen gesehen hatte. Da waren die anderen Kinder,
welche zu Füssen desselben fröhlich mit
Emblemen und Geräthschaften des Todes
spielten.

Dann holte Morlin von einem Sims,
zwischen einem Todtenkopf und dem Skelett
eines seltsamen Vogels, eine wunderliche,
gebauchte grüne Flasche hervor, die mit
einem Etiquette geziert war, welches ein

memento mori und die rothe Inschrift: „Gift!!!" zeigte und füllte zwei alterthümliche Gläschen daraus.

„Daran dürfen Sie sich nicht stossen," sagte er, „das dient nur zur heilsamen Abschreckung für die Aufwärterinnen, welche gewöhnlich viel Sympathie für einen guten Liqueur haben. Es wird mir übrigens sehr schwer, eine Aufwärterin zu finden, welche es bei mir aushält," fuhr er fort, „sie graulen sich alle und mögen in dem Atelier nicht allein sein, besonders mit dem da hinten mögen sie nichts zu thun haben." Dabei zeigte er auf eine mannshohe Nische in der Wand, welche von einem kunstreichen alterthümlichen Eisengitter verschlossen war. Hinter demselben stand aufrecht ein Skelett und stierte mit dem weissen Knochenantlitz durch das eiserne Schnörkelwerk.

Wahrhaftig, ich konnte mir vorstellen, dass die armen abergläubischen Weiber in diesem Atelier sich nicht wohl fühlten, denn es glich eher der Behausung eines mittelalterlichen Nekromanten, als der Werkstatt eines Malers. Es fehlte selbst nicht das ausgestopfte Krokodil, das von der Decke herabhing, es fehlten nicht die Hunderte von seltsamen und abenteuerlichen Dingen, welche rings wie aus einem grausigen Märchen von den Wänden stierten und dem ganzen Raume etwas von dem gespenstischen Reiz eines Wachsfigurenkabinets oder eines Raritäten-Museums verliehen. Der Abenteuerlichkeiten, welche sich hier vorfanden, hätte sich ein solches Museum nicht zu schämen gebraucht. An der Wand hing unter vielen anderen Dingen eine braungedörrte Menschenhand, welche mir wegen ihrer zierlichen Form besonders auffiel. Morlin nahm sie von ihrem Nagel und reichte sie mir hin. Es war offenbar eine Frauenhand, die schlanke Weichheit der Formen war noch vollständig erkennbar und an den sanft nach vorn sich verjüngenden Fingern zeigten sich die wohlgepflegten Nägel noch gänzlich unverletzt.

„Ein Geschenk eines Freundes," sagte Morlin. „Derselbe fand während des letzten französischen Krieges die Hand in dem Park einer verlassenen Villa mitten in einem Rosengebüsch an einem Zweige hängend."

Unterdess war die Dämmerung hereingebrochen und ich fand es an der Zeit, meinen Besuch zu beenden. Der Maler hatte ein grosses Kirchenwachslicht angezündet, um mir über den dunklen Flur zu leuchten, jedoch als seine Blicke zufällig über die Wände schweiften, hielt er plötzlich inne und sagte: „Ach, dürfte ich Sie, bevor Sie gehen, noch um eine Gefälligkeit ersuchen?" Dabei deutete er auf eine Borte, welche in Thürhöhe an der Wand entlang lief und ganz bedeckt war mit einer Reihe von Todtenmasken und Gipsabgüssen von Köpfen berühmter Verbrecher, welche mit leeren Augen aus brutalen Gesichtern finster in die Welt starrten. „Wenn Sie mir nur einen Augenblick das Licht hier unten halten wollen, wie ich es Ihnen angebe. Sie glauben nicht, welche wunderbaren Effekte das giebt, wenn man diese Kerls so von unten beleuchtet."

Ich hielt das Licht und er trat zurück.

„Ein wenig näher an die Wand!" rief er. „So, nun noch mehr links . . . etwas höher das Licht . . . so, halt! . . . Köstlich . . . herrlich . . . wie dem da statt der Augen zwei grosse Finsternisse im Gesicht stehen, und diese Uebergänge, diese Reflexlichter! Sehen, Sie, wie die Schlagschatten lang an der Wand in die Höhe schiessen . . . Famos!"

Ich sah von meinem Standpunkte ebenfalls hinauf und muss gestehen, selten eine schauderhaftere Gesellschaft von Galgengesichtern beisammen gesehen zu haben. Das finstere Brüten in diesen stieren Augen ward durch die Beleuchtung ins Fratzenhafte verstärkt und durch das flackernde Licht kam ein unheimliches Leben in die starren Züge; es regten sich scheinbar die knochigen Kinnladen, und um wulstig aufgeworfene Lippen zuckte es wie ein dämonisches Grinsen.

Darnach verabschiedete ich mich und habe später den Maler nicht wiedergesehen. Aber unvergesslich hat sich dieser eine Besuch in meine Seele geprägt.

Die Menschen sind ein sonderliches Geschlecht; was dem Einen ein Greuel, ist dem Andern ein Labsal, und kein Abgrund ist so tief und schauerlich, dass nicht Jemand gefunden würde, an seinem schwindelnden Rande furchtlos Blumen pflückend, wie ein spielendes Kind.

HUNDE-GESCHICHTEN.

Geschichten von Hunden sind das Entzücken unserer Kindheit gewesen und wir Alle erinnern uns wohl noch des unendlichen Vergnügens, welches wir über solche Erzählungen empfanden, wie jene von dem klugen Hunde, der den verlorenen Thaler seines Herrn in der Tasche des Handwerksburschen witterte, worauf das Thier mit schmeichlerischer List die Freundschaft dieses Wanderers suchte, der hochbeglückt über die gleichzeitige Erwerbung eines Thalers und eines kostbaren Hundes mit diesem in ein Wirthshaus einkehrte. Als jedoch der Handwerksbursche im Bette lag und sich in seligen Träumen von Glück und Reichthum wiegte, stahl der kluge Hund die Hose, in welcher der Thaler steckte und brachte Beides hocherfreut seinem Herrn. Aehnliche Geschichten giebt es unzählige und sie finden immer ein dankbares Publikum, denn unter allen Thieren ist keins, nicht einmal das Pferd, in ein so nahes Freundschaftsverhältniss mit dem Menschen getreten, als der Hund. Dieser nahe Umgang hat denn auch eine Mannigfaltigkeit der Formen und Fähigkeiten bei diesen Thieren erzeugt, welche in der Natur nicht ihres Gleichen hat, so dass es Hunde von allen Grössen und von allen Spezialitäten giebt, löwenartige Bestien von der Kraft eines Riesen und winzige Thierchen, die in dem zierlichen Morgenschuh ihrer Herrin übernachten, Hunde, „die klüger sind als ein Mensch" und wieder solche „dümmer als ein Stück Holz." Und zwischen diesen Grenzen, welche Mannigfaltigkeit! Da sind vor-

nehme blasirte Hunde, welche Winter-
überzieher mit Goldstickerei besitzen, welche
ein dejeuner, ein diner und ein souper ein-
nehmen und ihr zarten Glieder auf Kissen
von echtem Sammet zur Ruhe strecken, und
wiederum rauhe hungrige Proletarier, welche
gesenkten Schwanzes die Müllhaufen durch-
stöbern und ihren Durst aus dem Rinnstein löschen. Da sind Hunde, welche wie
die Spinnen auf langen ätherischen Beinen
einherwirbeln, und solche, die sich diese
(wie der selige Münchhausen erzählt) offenbar bis auf die Stumpfe weggelaufen haben,
kuglige, gedrungne Wollknäuel - Hunde
und wiederum solche, die so lang sind, wie
„Boonder", von welchem Bret Harte meint,
die Natur habe anfangs für dies Thier noch
ein paar Extrabeine in der Mitte projektirt,
sich diesen Vorsatz aber unkluger Weise
ausreden lassen. Da giebt es kluge Jagd-
hunde, von welchen ergraute Förster, wenn
ihnen das Herz aufgeht, Dinge vermelden,
welchen selbst der Hinblick auf das ehrwürdige Alter der Erzähler nur eine geringe

Wahrscheinlichkeit zu verleihen vermag, Dinge, welche selbst die gläubigsten Gemüther nur zur Hälfte zu verschlucken im Stande sind. Da giebt es Hunde, die Schach, Domino und Sechsundsechzig spielen, Hunde, welche Zigarren rauchen und sich jeden Abend betrinken, kurz sich ganz und gar wie ein Mensch benehmen.

Meine eigenen Erlebnisse mit Hunden sind geringfügiger Art. Ich habe nur einmal versucht, mir einen solchen vierbeinigen Freund von klein auf zu erziehen. Allein unser Verhältniss ward kein besonderes, da er meine Ansichten über Erziehung durchaus nicht theilte, und wir fortwährend wegen unserer verschiedenen Anschauungen über die Behandlung der Zimmer-Fussböden in Misshelligkeiten geriethen. Ausserdem hatte ich versäumt, mich nach seiner Herkunft zu erkundigen, und hatte mich deshalb über seine endgültigen Abmessungen einer traurigen Täuschung hingegeben, denn er wuchs mit grosser Geschwindigkeit zu einer wahren Bestie von der dreifachen erwarteten Grösse empor und das Ende war noch gar nicht abzusehen.

Es giebt nun zwar Hunde, deren ganze Schönheit auf ihrer ungewöhnlichen Hässlichkeit beruht, da er es aber auch in diesem Fache nur zu einer ganz gemeinen Rüpelhaftigkeit brachte, so begann ich die Spekulation für eine verfehlte zu halten und entledigte mich seiner.

Später bin ich noch einmal wieder beinahe in den Besitz eines Hundes gelangt, und ich denke an diesen Fall mit einer gewissen Wehmuth zurück, denn ich bin mir bewusst, bei dieser Gelegenheit ein erwachendes Vertrauen schmählich getäuscht zu haben.

Ich ging die Wilhelmstrasse hinab und bemerkte ein kleines kümmerliches Hündchen, das ebenmässig vor mir hertrottete und nur zuweilen auf dem öden Bürgersteig, ohne seinen Lauf zu unterbrechen, nach Essbarem schnüffelte. Ich erkannte sofort wie durch Eingebung, dass dieser Hund keine Stellung hatte, dass er ohne Ziel „doch man so" die Strasse entlang lief, vielleicht in dem dumpfen Gefühl, durch fortgesetzte Ortsveränderung einem glücklichen Zufall, der ihn wieder in Lohn und Brot bringen konnte, mehr Gelegenheit zu bieten.

Jene böse Neigung des menschlichen Herzens, den Armen und Verachteten noch tiefer hinabzudrücken, veranlasste mich, plötzlich stark mit dem Fusse aufzuschlagen. Das arme Thierchen schrak zusammen, fuhr ein wenig bei Seite und sah mich mit einem demüthig vorwurfsvollen Blick über die Schulter an. Dann liess es seinen Schwanz noch einen Zentimeter tiefer sinken und trottete weiter. Ich bereute meine That und suchte sie durch freundliches Schnalzen mit der Zunge und Schnippen mit den Fingern wieder gut zu machen. Sogleich blieb der kleine Hund stehen und blickte mit einer trüben Aufmerksamkeit nach meinen Augen, wozu er einen schüchternen Versuch machte, mit dem Schwanze zu wedeln. Meine Züge schienen ihm Vertrauen einzuflössen, denn er liess mich vorüber und schloss sich, als sei die Sache nun abgemacht, ohne Weiteres meiner Spur an. Er dachte wohl: „Vielleicht wird's was, vielleicht wird's nichts — versuchen muss man Alles."

Ich bog probeweise quer über die Strasse, der Hund hoppelte über den Rinnstein und folgte mir; ich ging wieder zurück und er hinter mir her ohne einen Ausdruck der Verwunderung und mit einer Miene, welche zu sagen schien, dass es ihm nicht zukomme, Kritik auszuüben, auch wenn die Handlungen seines erwählten Herrn ihm seltsam erscheinen mochten.

Es war etwas in dem Betragen dieses dürftigen Thierchens, das mich rührte und mich ihm wohl gesinnt machte. Ich beschloss mich seiner anzunehmen und ihn emporzuziehen aus Niedrigkeit und Verachtung. Sein rauhes, beschmutztes Fell sollte wieder glatt und seiden werden, sein trübseliges, gedrücktes Wesen sich in heiteres Selbstvertrauen verwandeln. Ich wollte ihn des Umganges der Besseren seines Geschlechtes wieder theilhaftig machen, ich wollte das Niveau seiner Bildung erhöhen und ihn Künste lehren, die ihn über die Menge hinaushoben, ich wollte ihn zu einer Zierde des Hundegeschlechtes erziehen.

Er sollte ein Gefährte meiner Einsamkeit werden. Ich stellte mir vor, wie ich, Abends am Schreibtisch sitzend, durch den Stoss einer zutraulichen Hundenase an mein Bein erinnert werde, dass ich nicht allein bin. Wie ich ihm dann den Nacken kraule und er mit dem Schwanz dazu wedelt. Wie er dann bedächtig sich an sein Ofenplätzchen begiebt, dreimal um sich selbst herumgeht, sich niederstreckt, einen grossen Seufzer ausstösst und eingeschlafen ist. Wie er dann zuweilen im Traume mit dem Schwanze wedelt und den Fussboden dabei klopft, und ich mir einbilde, er träume von mir.

Aber durch eine natürliche Gedankenverbindung fiel mir Frau Schüddebold ein. Diese Frau war meine Wirthin und sorgte mütterlich für mich, allein ich fürchtete, sie würde meine hundefreundlichen Ansichten nicht theilen. Ich wusste es sogar, denn Hunde waren Geschöpfe, welche sich Frau Schüddebold

nur in Verbindung mit anderen kleinen sehr
lebhaften und beweglichen Thieren zu denken
vermochte, die besonders nach dem Blute
des weiblichen Geschlechtes dürsten, Hunde
waren ihr Wesen, welche sie so lange für
toll hielt, bis sie den gerichtlich medi-
zinischen Gegenbeweis geliefert hatten. Ich
wusste, dass solche Abneigungen unüberwind-
lich sind. Sollte ich, der ich den häus-
lichen Frieden über Alles liebte und stets
bereit war, ihm Opfer zu bringen, mich
wegen dieses unschönen Thiers in ein Zer-
würfniss begeben? Ich muss gestehen, dass
meine guten Vorsätze wankend wurden, wie
kaum gepflanzte Bäume, welche ein Sturm-
wind überfällt.

In diesem Augenblick kam ein kleiner
vornehmer und wohlgenährter Hund vorüber
und tauschte mit meinem Begleiter jene
Begrüssungs-Zeremonien aus, welche gute
Hundesitte, auch bei dem Niedrigsten ihres
Geschlechts nicht zu vernachlässigen vor-
schreibt. Dabei fiel mir ein weiterer Mangel
auf, denn am Halsband des Fremdlings

klapperte etwas wohlhabend und gesetzes-
froh, das bei meinem Schützling gänzlich
fehlte. Es war die Steuermarke. Wie eine
Last fiel es auf mein Gemüth, dass dies
kleine trübselige Thier eine Ausgabe von
neun Mark alljährlich erforderte, nur um
einer blutigen Gesetzvorschrift Genüge zu
leisten. Zu vier Prozent gerechnet, entsprach
dies einem Kapitale von zweihundertfünf-
undzwanzig Mark. Werfe Niemand einen
Stein auf mich, der sich nicht einmal in
ähnlicher Lage befunden, — ja, als Busse
will ich es hier selbst öffentlich bekennen
— Feigheit und Eigennutz gewannen die
Oberhand über die anfänglich edleren Gefühle meines Herzens, und ich begann
mit Hinterlist darnach zu trachten, mich
meines Begleiters zu entledigen.

Das arme Opfer merkte natürlich nichts
von meinen veränderten Gesinnungen. Der
kleine Köter blickte vertrauensvoll zu mir
auf, wenn ich mich nach ihm umsah und
fächelte ein wenig mit seinem matt be-
haarten Wedel. Er träumte jedenfalls von

einem guten Abendessen und von einem langen erquickungsreichen Schlaf auf dem Fussteppich.

Ich war jetzt zum Halleschen Thor gelangt und fand diesen Ort zur Ausführung meines verrätherischen Planes günstig und geeignet. Der kleine Hund war etwas zurückgeblieben und schnüffelte an einem gänzlich abgenagten Knochen; da benutzte ich die Gelegenheit, schlüpfte schnell hinter einen vorüberfahrenden Pferdebahn-Wagen und mischte mich unter eine Menschenmenge, welche mit jenem noch nicht aufgeklärten Interesse, welches dieses Schauspiel dem Berliner stets einflösst, auf der Brücke die Durchfahrt eines grossen Holzkahnes beobachtete. Nach einer Weile erschien der kleine Hund in der Richtung von welcher ich abgesprungen war, indem er hin und her schnüffelte und offenbar meine Spur suchte. Dann lief er an eine Stelle, wo er eine freiere Aussicht hatte und hielt eine vergebliche Umschau. Aber nicht lange. Bald senkte er mit einer Miene, als füge er einer langen Reihe vergeblicher Hoffnungen eine neue Täuschung hinzu, den Kopf, setzte sich wieder in seinen geduldigen Trott und hielt auf die Pionierstrasse zu.

Noch immer sehe ich es vor mir, das kleine dürftige Thier wie es in seiner müden hoffnungslosen Weise weiter strebt und allmählich in der ab- und zuströmenden Menge und in dem Brausen der grossen Stadt verschwindet.

EINE

SPERLINGS-GESCHICHTE.

Mein Freund Richard Almenau, Professor der Kunstgeschichte, wohnt in einem Hinterhause der Königgrätzer Strasse drei Treppen hoch, und zwar sind es infame steile und glatte Steinwendeltreppen von so kurzer Windung, dass man das Gefühl hat, in das Haus hinaufgeschraubt zu werden, allein man wird dafür belohnt, indem sie zu so behaglichen wohnlichen Räumen führen, dass man sich schwer entschliesst, sie wieder zu verlassen. Die Zimmer sind angefüllt mit kleinen Kunstwerken und hundert Erinnerungsdingen eines reichen Lebens, es ist kein Gegenstand dort, an welchem nicht eine

Geschichte hängt, und Alles ist aufgestellt
mit einem freundlichen Sinn für Schönheit
und Ordnung, so dass ein stilles Behagen
sich in diesen Räumen von selber einfindet.
Man trifft Herrn Almenau, je nach der Arbeit,
welche er vorhat, an einem anderen Orte
seiner Zimmer beschäftigt. Seine Korrespon-
denzen und Geldangelegenheiten erledigt er
an einem grossen Tisch am Fenster, kunst-
historische Vorträge dagegen werden an
einem mit grünem Tuche behangenen Tische
mitten in der Stube entworfen und in besonderen Weihestunden arbeitet er vor einem
Stehpulte an der Biographie eines berühmten
Bildhauers.

Da ihm auch die Gabe des Gesanges
verliehen ist, so giebt es noch einen vierten
Ort, der zum Schreiben eingerichtet ist, und
zwar an einem behaglichen Sophaplatz, wo er
den Kaffee einzunehmen pflegt, da er diesem
Getränke besondere, den Fluss der Verse
begünstigende Eigenschaften zuschreibt.

Kürzlich, als ich ihn besuchte, fand ich
ihn an keinem von diesen Orten, sondern

er stand mit einer Stange in der Hand in der geöffneten Balkonthür, sein Gesicht war geröthet und er sah zornig aus. Mit dem Pathos eines Trauerspielhelden rief er mir entgegen:

„Lass mich Gefahren bestehen gross und gewaltig, muthvoll will ich ihnen ins Auge sehen, mit Löwen will ich streiten, aber dem Kampfe mit Sperlingen bin ich nicht gewachsen!"

Ich kannte diesen alten Schmerz schon. Es gehörte zu seinen Eigenthümlichkeiten, plötzlich von der Arbeit aufzuspringen, die stets bereite Stange zu ergreifen und die Sperlinge zu verjagen, welche auf dem Balkon sich breit machten. Er stellte seine Waffe in die Ecke, bot mir eine Cigarre an und setzte sich mit leider der Miene in einen Lehnstuhl.

„Die Sperlinge sind noch mein Tod," sagte er in humoristischer Verzweiflung. „Kennst Du das Volksmärchen: „der Hund und der Sperling?" Wie der Sperling, um den Mord seines Freundes, des Hundes, zu

rächen, den Fuhrmann arm macht und
schliesslich ums Leben bringt. Wahrlich,
das Volk in seiner kindlichen Weisheit hat
die dämonische Natur dieses Vogels längst
erkannt, aber der überkluge Berliner füttert
sich diese Zuchtruthe zu Millionen auf. Ist
Dir noch nicht aufgefallen, dass Berlin die
Stadt der Sperlinge ist, dass zehnmal mehr
Sperlinge hier wohnen als Menschen? Sind
sie nicht in den Biergärten von unverständigen Leuten, welche nur ihr eigenes
Vergnügen und nicht das Wohl der Ge-
sammtheit im Auge haben, durch fortwäh-
rendes Füttern auf Kosten der bejammerns-
werthen Gastwirthe so frech gemacht, dass
sie einem zwischen den Beinen herumhüpfen?
Werden sie nicht nächstens den armen Schul-
kindern das Butterbrod aus der Tasche
fressen? — Dieses Thier hat in Berlin sogar
seine Natur verändert und ist ein Waldvogel
geworden. Du magst Dich in die tiefsten
Wildnisse des Thiergartens zurückziehen,
die nur der menschenscheue Hypochonder
und der unglücklich Verliebte einsam durch-

streift — niemals wirst Du diesem Vogel entgehen. Du wirst an dem verlassensten Punkte immer noch einen trübseligen Menschenhasser finden, der seinem Grame nachhängt und dazu die Sperlinge füttert. Der Charaktervogel des zoologischen Gartens ist der Sperling. Dieses berühmte Institut enthält eine ungeheure Sammlung von fringilla domestica, wogegen das andere vornehmere und theure Viehzeug nur als eine bescheidene Zugabe erscheint, bestimmt, sich das Futter vor der Nase wegfressen zu lassen. Wir wollen einmal rechnen, was die Stadt Berlin alljährlich für Sperlinge ausgiebt. Schätzen wir ihre Anzahl auf zehn Millionen und nehmen wir bescheiden an, dass ein jeglicher zu seinem Lebensunterhalt eine Mark jährlich gebraucht, so erhalten wir als Resultat, dass Berlin alljährlich zehn Millionen Mark für Sperlinge verkläckert."

Er schwieg eine Weile und schaute nachdenklich aus dem Fenster. „Ich hasse diese Thiere," fuhr er dann fort, „ihr ewiges Schilp, Jilp, Schilp, Jilp, ist ein Laut, an

welchen sich mein Ohr niemals gewöhnen
wird. Mit ihrem widerlichen Gassengeschwätz
verwirren sie mir meine heiligsten Gedanken,
ihre Schnäbel sind grausame Scheeren, welche
meine kunstreichsten Perioden mitten ent-
zwei schneiden, dass der Faden mir unwiederbringlich verloren geht, und gerade wenn
in stillem Sinnen aus der Tiefe der Anschauung die Blume der Erkenntniss auf-
blühen will, fährt eine zankende und
schreiende Rotte dieser höllischen Vögel
dazwischen und bringt mich um Alles.
Wenn nicht die stillen Stunden der Nacht
mich trösteten, ich wäre ein geschlagener
Mann!"

Dann beugte er sich zu mir herüber,
legte die Hand auf meinen Arm und sprach
mit rauher, gedämpfter Stimme, wie man
Jemandem ein furchtbar blutiges Geheimniss
anvertraut: „Aber auch dies ist vorbei! Ent-
setzliches habe ich Dir mitzutheilen. Hast Du
den Muth, das Grausige zu hören? Vermagst
Du ohne Wimperzucken in einen Abgrund
voller Qual zu schauen? — So höre! Du

kennst ja ein Wetterrouleau, jene segensreiche Vorrichtung, welche des Winter-
sturmes Eishauch wie der Sommersonne
Gluthen in gleicher Weise zu mildern geeignet ist. Es war in diesem Frühling, und
da die Tage mild und gemässigt in schöner
Mitte zwischen Frost und Hitze dahinglitten
war die eben erwähnte Schutzvorrichtung
meines Schlafzimmers zusammengerafft am
oberen Theile des Fensters Tag und Nacht
ausser Thätigkeit. Plötzlich tritt nun, veranlasst durch irgend eine Laune des unberechenbaren Zeus, vorzeitige Sommersonnen-
gluth ein. Ich rufe meine vortreffliche
Wirthschafterin Rosalie Nudelbaum. „Rosalie," sage ich, „das Wetterrouleau! Ich
habe diese Nacht Qualen der Hölle ausge-
standen."

„Ja wohl, Herr Professor," sagt sie.
Nach einiger Zeit kommt sie zurück und
sagt, ohne eine Miene ihres versteinerten
Antlitzes zu verziehen:

„Ja Herr Professor, es geht nicht!"
„Was geht nicht?" frage ich.

„Na, mit das Wetterrouleau!“ antwortet sie.

„Sofort repariren lassen!“ ist mein Befehl. Rosalie Nudelbaum zuckt die Achseln
und sagt in einem Tone, welcher Er-
gebung in ein unvermeidliches Schicksal
ausdrückt:

„Repariren hilft da nichts mich, Herr
Professor!“

„Nun, was ist denn geschehen?“ rufe ich.

„Es ist ein Sperlingsnest drin.“

Stelle Dir vor, wie dieser Donnerschlag
auf mich wirkte. Als ich wieder zu mir
kam, fuhr ich empor und that einen grausamen Schwur der Vernichtung. Allein die
Nudelbaum blieb ruhig wie eine Sphinx und
sagte blos:

„Es sind schon Eier drin, Herr Professor!“

Ich sank gebrochen in einen Lehnstuhl.
Rosalie fuhr fort:

„Fünf Stück, Herr Professor, sie waren
ganz warm, die Sperlings-Sie war eben ab-
geflogen.“

„Lieber Freund, was sollte ich machen? Ich muss gestehen, dass die düsteren Gefühle blutgierigen Hasses gegen meine langjährigen Peiniger die Oberhand hatten, und dass es ein schwerer Kampf zwischen Mordsucht und Menschlichkeit war, den ich kämpfte, allein mildere Regungen siegten allmählich. Durfte ich mit rauher, zerstörender Hand hineingreifen in den trauten Verband einer Familie? Durfte ich die Hoffnungen einer Mutter vernichten und Vaterfreuden im Keim ersticken? Sollte ich das Vertrauen, welches diese kleinen, wenn auch verhassten Thiere in mich setzten, grausam täuschen und die Heiligkeit des Gastrechts schnöde verletzen? — Nein, nimmermehr! Das sei ferne von mir. Aber schwer habe ich gelitten für meine Menschlichkeit. Den ganzen Tag brannte eine unerbittliche Sonne in mein unbeschütztes Schlafzimmer, und des Nachts wälzte ich mich schlaflos vor Hitze in meinen Kissen. So lange es nur Eier waren, da ging es noch, aber als Junge daraus kamen. verdoppelten sich meine Leiden, denn kaum, dass die dämmernde Eos mit Rosenfingern emporstieg, fing diese ewig hungrige Brut an nach Futter zu schreien und scheuchte „den leisen Schlaf, der mich gelind umfing". Ich war so gut durch den Winter gekommen, mein Bauch war durch den Nullpunkt gegangen und fing an positiv zu werden, so dass ich zuweilen in dem angenehmen Gefühl meiner behäbigen Fülle ihn wohlwollend streichelte, aber wie ist es jetzt? Dahingeschwunden ist seine Pracht, ins Negative ist er zurückgesunken und sieht aus — wie man in meinem engeren Vaterlande zu sagen pflegt — „as de Binnensiet von'n Backtrog!" Und er klopfte voller Wehmuth auf den unteren Theil seiner Weste.

„Natürlich," fuhr er fort, „konnte ich diese Nächte nur ertragen, wenn ich bei geöffnetem Fenster schlief. Nun hängt aber die Nudelbaum noch an der alten Kachenez-Theorie und jeder Luftzug ist ihr ein Greuel. Somit plagte mich dieses Weib tagtäglich mit Warnungen und Tadel über diesen sträflichen Leichtsinn, bis mir einmal die Geduld reisst und ich herausplatze: „Ach, hol' Sie der Deubel!" Und was antwortet mir dieses Geschöpf, natürlich ohne eine Miene dabei zu verziehen: „Herr Professor, mir holt er nich!" Sieh mal, lieber Freund, gegen eine gute Antwort bin ich wehrlos und somit brate ich jetzt bei geschlossenem Fenster. Aber bald wird die Qual ein Ende haben. In diesen Tagen müssen die Jungen ausfliegen und ich habe strengen Befehl gegeben, dass dann sofort die Wohnung geräumt wird. — Beim Himmel, da fällt mir ein, dass ich schon einige Zeit ihr hungriges Geschrei des Morgens nicht mehr gehört habe!" Er griff hastig nach einer Glocke, schellte und rief: „Rosalie!"

Die Alte erschien in der Thür und er rief ihr entgegen: „Sehen Sie doch sofort einmal nach, meine Theure, ob die Sperlinge schon ausgeflogen sind."

„Eben vor'n Augenblick hab' ich nachgesehen, Herr Professor," sagte sie.

„Nun, sind sie fort?“

„Ja, ausgeflogen sind sie, Herr Professor!“

„Lasst uns den Göttern ein Dankopfer bringen!“ rief er, „Rosalie Nudelbaum, stellen Sie zwei Flaschen Rheinwein kalt!“

„Ja, aber . . .“ sagte diese, indem sie diese Worte so lang dehnte, dass sie den Bedarf des Ausdruckes: Konstantinopolitanische Dudelsackpfeifenmachergesellenherberge damit hätte decken können.

„Was soll dies unheilschwangere Aber bedeuten?!“

„Sie haben schon wieder Eier, Herr Professor!“

WIRTHSHAUS ZUR STRAND-DISTEL.

AN JOHANNES TROJAN.

ir wanderten entlang den Ostseestrand.
Ein schöner stiller Tag wars im Sep-
            tember,
Nur dass ein leichter Dunst, ein feiner
            Schleier,
Als wie ein Silberduft die Ferne hüllte.
An jenes Eichenwaldes Vorsprung bald
Gelangten wir, wo knorrig alten Kämpfern
Vergleichbar, narbenreich gefurcht, des
            Waldes
Zerzauste Vorhut stand, verkrüppelt wohl,
Zurückgebogen auch von rauher Stürme
Jahrhundertlanger Wiederkehr, doch nimmer
Gebeugten Muth's — bereit zu neuem Kampf.

Wir fanden dort, was uns gar lieblich schien:
„Stranddistel-Wirthshaus" hast du es ge-
nannt.
Die blaue Distel, die im Sand sich nährt,
In eines Dünenkessels weisser Senkung
Stand sie allein, gar herrlich ausgebreitet,
Und bot der Blüthen schimmernd helles
Blau
Wohl hundertfach dem milden Sonnenschein.
Und welch' ein Leben dort! Es kam zur
Einkehr
An diesen guten Ort ein mannigfach Ge-
schlecht
Von leichtem Flügelvolk. Umschwirrt, um-
flogen,
Umsummt von hunderten von Gästen war
Dies blaue Wirthshaus, wo es Honig gab.
Die Distelfalter flogen ab und zu
Und sogen still und breiteten die Flügel,
Dass sie, von Sonnenstrahlen schön durch-
leuchtet,
So schimmerten wie farbiger Opal.
Der Trauermantel kam, sein sammetbraunes
Mit blauen Pünktchen schön geziertes Kleid

War stolz mit einem Rand von Gold ver-
        brämt.
Und dann der Fliegen mannigfaches Volk,
Stahlblau und golden, glasgeflügelt, zierlich,
So dass die Hummel wie ein Bär erschien
Und wie ein Wolf die fleiss'ge Honigbiene.
„Hier ist ein guter Ort, hier lasst uns
        ruhn,"
So sprachen wir und packten hingelagert
Um Dünenrand den Reisevorrath aus
Und schenkten fröhlich in den Silberbecher
Des rothen Weines hochwillkomm'ne Labung.
Wie friedlich war es hier und weltenfern.
Nur hinter uns des Waldes Schweigsamkeit,
Vor uns die See, fast spiegelglatt und still,
Der ferne Horizont in Dunst verschwim-
        mend,
Dass ohne Grenzen ineinander floss
Des Meeres Ende und des Himmels Anfang.
Friedfertig schwammen Möven auf der Fluth,
Sich überfliegend oft und ungeschreckt
Von uns zwei stillen Wandersleuten wohl.

Derweil wir sassen und uns friedlich nährten

Hob ich den Becher mit dem rothen Wein,
Dass sich der Sonne Glanz hineinergoss,
Und wie Rubin auf seinem gold'nen Grund,
Als wie ein köstlich selt'ner Edelstein
Des Weines Fluth erglänzend funkelte.
In diesen Wunderanblick ganz vertieft
Bemerkt' ich kaum ein Flattern um mein
Haupt,
Ein schwankend Kreisen. Ja, fürwahr, ein
Falter,
Ein Sommervogel war's, ein Trauermantel,
Der, angelockt vom Duft des rothen Weines,
Die angebor'ne Scheu soweit vergass,
Dass er auf meine Hand sich plötzlich
senkte.
Dort sass er nun, entfaltend seiner Flügel
Dem braunen Sammet gleiche Pracht und
tastend
Mit dem spiralisch feinem Rüsselchen
Fuhr suchend er umher und dachte wohl:
„Ei nun, was duftet hier so schön?" Be-
hutsam
Den Becher neigt' ich, dass des Weines
Fluth

Dem selt'nen Gast entgegenkam, und dieser
Gewahrte kaum den Vortheil, der sich bot,
Als er das feine Saugerüsselchen
Behaglich in den Wein herniedertauchte
Und sog und sog. „Fürwahr er trinkt!“ so riefen
Wir beide fast zugleich und schauten still
Vergnüglich unserm Gaste zu. — Nicht lange.
Denn plötzlich wie in jähem Schreck durchfuhr's
Das zarte Thier. Merkt' es den Dämon wohl,
Der in des Weines Purpurgrunde schläft? —
Auf schwang es sich und flog und kam nicht wieder.

Wie seltsam doch, dass beide wir noch jetzt
Wie an ein Glück an diese Stunde denken.
Was war's? Es war ein Nichts — belächelt wohl

Von Manchem, der's vernimmt. Und dennoch
möcht' ich
Es missen nicht um Gold. — Du denkst das Gleiche
Mein guter Freund. Das weiss ich sicherlich.

Druck von W. Drugulin in Leipzig.

Von RUDOLF BAUMBACH erschien im
Verlag von A. G. Liebeskind in Leipzig:
Spielmannslieder. 15. Tausend. M. 2.—.
Zlatorog, eine Alpensage. Billige Ausgabe.
  36. Tausend. M. 2.—.
Von der Landstrasse. 12. Tausend. M. 2.—.
Sommermärchen. Billige Ausg. 20. Tausend.
  M. 3.—.
Abenteuer und Schwänke. Alten Meistern
  nacherzählt. 10. Tausend. M. 2.80.
Lieder eines fahrenden Gesellen. 26. Taus.
  M. 3.20.
Krug und Tintenfass. 10. Tausend. M. 2.—.
Frau Holde. 25. Tausend. M. 2.—.
Der Pathe des Todes. 10. Tausend M. 2.—.
Erzählungen und Märchen. 10. Taus. M. 2.—.
Mein Frühjahr. 11. Tausend. M. 2.—.
Kaiser Max u. seine Jäger. 10. Taus. M. 2.50.
Es war einmal. 8. Tausend. M. 2.80.
Thüringer Lieder. 6. Tausend. M. 2.50

Ausgaben mit grosser Schrift
(gr. 8o, illustriert):
Sommermärchen. M. 5.—.
Zlatorog. M. 4.—.

Prachtausgaben in 4o:

Wanderlieder aus den Alpen. Mit Rand-
  zeichnungen und einem Holzschnitt.
  reich geb. M. 10.—.
Sommermärchen. Illustrirte Ausgabe. Zeichnungen von Paul Mohn. reich geb. M. 20.—.
Abenteuer und Schwänke. Alten Meistern
  nacherzählt. Illustr. Ausgabe. Zeichnungen
  von Paul Mohn. reich geb. M. 20.—.